NUITS DE NOCES

Astrid Éliard

NUITS DE NOCES

NOUVELLES

MERCVRE DE FRANCE

à Vincent

« Bonne chance, et crois-moi, mon Doc bien-aimé, mieux vaut regarder le ciel que d'y être. C'est un endroit si vide, si vague. Juste l'endroit où se promène le tonnerre et où les choses disparaissent. »

TRUMAN CAPOTE,
Petit déjeuner chez Tiffany

Un petit paradis

— Je peux les ouvrir ?
— Non, pas encore. On y est bientôt.
— Aaaah !
— Quoi ?
— J'ai marché sur quelque chose de vivant.
— Un animal ?
— Poilu et gluant.
— En général, ils sont soit poilus, soit gluants, rarement les deux.
— J'ai senti ses dents, prêtes à mordre ma cheville.
— Mais détends-toi, il n'y a que des écureuils ici. Tu ne triches pas, hein ?
— Il fait si noir, qu'est-ce que ça change ? Je ne sais pas comment tu fais pour te guider là-dedans, dans cette forêt épaisse, on ne voit même pas le ciel. De toute façon, pour ce qu'il y a d'étoiles…
— Ferme-les immédiatement !
— Tu sais, ça ne m'amuse plus tellement. J'ai froid, je suis crevée. Colin ? Tu m'entends ?

— Oui.

— J'ai envie de rentrer.

— Ah non, tu ne vas pas me faire le coup ! Tu as dit que tu me faisais confiance, que tu voulais que cette nuit soit « spéciale ». « On ne va quand même pas dormir bêtement dans un lit, entre quatre murs… », qui a dit ça ? Tu as raison, les lits sont bêtes et les murs idiots, je t'emmène dans un endroit… Blanche-Neige n'aurait pas rêvé mieux pour sa nuit de noces. Je suis sûr que ça te plaira. D'ailleurs, ça y est. Tu peux ouvrir les yeux.

— On est où ? Je ne vois rien.

— En face de toi.

— C'est un arbre, et après ?

— Fais un effort !

— Tu n'as pas une lampe de poche ? Je suis perdue… Colin, j'en ai assez des devinettes.

— Regarde, pose tes mains ici. Qu'est-ce que tu sens ?

— Une corde, une échelle de corde ?

— Qui mène à notre cabane. Perchée quinze mètres plus haut.

— Quinze mètres, mon Dieu !

— Tu as peur du vide ?

— J'ai peur des cabanes », chuchota-t-elle d'une voix trop faible pour qu'il l'entende.

Ils étaient au pied d'un grand chêne, dont la cime se perdait dans la nuit. Le tronc semblait si lisse qu'Hélène se demanda comment une cabane avait pu se hisser là-haut, et s'asseoir dans le vide, sans l'aide d'aucune branche, d'aucun étai. Colin sortit une torche. Le faisceau de lumière tâtonna quelques secondes avant d'atteindre son but. Dans le long prisme doré, apparurent des milliers de particules de poussière et une boîte en bois retenue par un échafaudage de cordes et de poulies. Hélène monterait la première, Colin lui éclairerait la voie et guiderait ses pas sur l'échelle de corde. Elle ne craignait rien, la rassurait Colin, cette cabane avait été conçue par un architecte, l'ancien propriétaire des lieux. Elle avait l'air de bric et de broc comme ça, mais c'était du solide, et pas si rudimentaire, il y avait un lit et des couvertures là-haut. L'échelle était costaud, il suffisait de marcher dessus, un pied après l'autre, un pied devant l'autre. Une cabane, ce n'était qu'un jeu d'enfant.

À deux reprises, Hélène inspira une bouffée d'air pour parler, mais deux fois ses épaules retombèrent et sa bouche se referma silencieusement sur des mots perdus. Elle ne savait quoi penser de la surprise, une nuit dans les bois, dans une cabane qu'elle regardait comme si un fil de funambule avait remplacé le sentier large et rassurant qui l'avait conduite jusque-là. Colin attendait qu'elle grimpe sur l'échelle, il pointait le faisceau puissant de sa lampe électrique dans sa direction. Elle ne voyait pas son visage, plongé dans le noir, alors qu'elle plissait les yeux pour apprivoiser une lumière à réveiller les morts. Elle ne distinguait qu'une tache sombre parmi d'autres, une silhouette mal dégrossie dans une masse informe et obscure. Par un signe invisible, elle saisit cependant ce que Colin lui disait en se passant de langage : « Allez, dépêche-toi. »

Hélène commença à retrousser sa robe, une robe dont la vendeuse avait dit qu'elle était bleu nuit : « C'est fini, le blanc. Démodé. Kaput. Moi je suis pour les mariées en noir. Dans du blanc, vous auriez l'air de votre grand-mère, excusez ma franchise mais c'est vrai, alors que là-dedans, vous serez mystérieuse… une reine de la nuit. » Ce bleu brillant, moiré, lui rappelait un souvenir heureux — en y réfléchissant, il n'y en avait pas tant que ça —, un bain de mer en Méditerranée, au crépuscule, à l'heure où elle devient violette. Pour désigner la couleur de sa robe, Hélène préférait dire « bleu mer » plutôt que « bleu nuit », car la nuit n'est pas bleue, elle le constatait à présent, la nuit est opaque et incolore, c'est un drap de velours qui tombe du ciel et enveloppe le monde, les arbres, les cabanes, comme une camisole de force, étouffe tout ce qui lui passe entre les doigts.

Hélène avait une vingtaine d'années et portait sur son visage les marques tenaces qu'avait laissées l'adolescence en ne la quittant pas tout à fait, comme des taches sur une assiette en porcelaine juste après le plat de résistance. Elle était sale, et cette saleté indélébile, les crèmes et les médicaments ne l'atteignaient qu'à condition de dégrader le reste, de lui faire des cernes noirs, de craqueler ses lèvres de gerçures assoiffées, de diviser par deux la masse déjà chiche de ses cheveux. Ses premières rides n'avaient pas attendu le départ de son acné persistante pour s'installer aux commissures de ses paupières, si bien que deux âges cohabitaient sur le visage d'Hélène, l'enfance traînait, et la maturité se hâtait. Elle n'en était pas laide pour autant, elle avait le charme désuet et aristocratique des jeunes femmes trop fragiles pour le monde d'aujourd'hui. Au XIXe siècle, les romantiques se seraient battus pour faire son portrait pâle sous un clair de lune.

Hélène avait relevé sa robe, l'avait nouée comme un pagne autour de sa taille, et retiré ses chaussures pour pouvoir grimper à l'échelle. Elle s'en voulait d'être déjà prête, si obéissante. Pendant longtemps, elle s'était persuadée que l'obéissance était l'intelligence des faibles, c'était avant sa rencontre avec Colin, avant qu'elle tombe amoureuse de ses trop grandes mains, de sa mâchoire carrée, de ses cheveux ras qui lui donnaient l'air d'un légionnaire. Devant cette force de la nature, elle ne savait plus si elle pouvait encore se fier à son obéissance et, bizarrement, cette incertitude lui était délicieuse. Elle redoutait autant qu'elle désirait le danger qui pouvait jaillir à tout instant de sa propre faiblesse.

Colin portait si mal son prénom, c'en était comique. Hélène l'imaginait à sa naissance : un bébé pléthorique qui aurait pu étrangler deux serpents dans son berceau. Ses parents n'avaient pas vu que leur fils était de la trempe des Achille, des Alexandre, et non pas ce Colin qu'il n'était d'ailleurs jamais devenu, un garçon dont le prénom évoquait la gentillesse molle et les draps blancs des gens qui tombent souvent malades.

« Tu ferais mieux de prendre tes précautions, dit Colin. Il n'y a pas de toilettes là-haut, et tu ne vas pas descendre cette nuit…

— Cette nuit est pire que le brouillard.

— C'est une nuit, c'est tout. Tu es sûre que ça va aller ?

— Oh oui… enfin, je pense.

— Tu ne dis pas ça pour me faire plaisir ?

— Tu sais bien que si.

— Tu as confiance en moi ? »

Comme elle ne lui répondait pas, il fit semblant de lui couper la parole alors qu'il n'y avait que du silence entre eux, et que s'il avait voulu réciter l'*Iliade*, elle lui en aurait laissé tout le loisir. « Verras comme c'est beau là-haut, un petit paradis », reprit-il sur un ton précipité et en mangeant ses mots.

Tout en haut, la cabane était sise sur une terrasse circulaire sans garde-corps, une large corolle de bois percée en son centre par le tronc de l'arbre. Deux chaises longues, séparées par une table basse, semblaient avoir interrompu une conversation imaginaire. En arrivant au sommet, Hélène s'était rapprochée du chêne, elle l'entourait de ses bras, en humait l'écorce pour éviter de regarder en bas. Tout autour, et à perte de vue, il n'y avait que la nuit, fuligineuse, qui noyait les contours de chaque chose, et donnait l'illusion d'un chaos. C'était comme si les éléments s'étaient mélangés, comme si le vide au-dessous était plein et habité, comme si eux-mêmes ne se trouvaient pas à quinze mètres du sol.

« Assieds-toi là, je vais ouvrir la porte », lui dit Colin en lui désignant les chaises longues. Il se pencha dans le vide pour remonter l'échelle qu'il transformait petit à petit en un grossier rouleau.

« Qu'est-ce que tu fais ? lui demanda Hélène.

— Je range la corde, comme ça on est sûrs que personne ne nous dérangera.

— Personne ne grimpe aux arbres la nuit, Colin. Personne n'est assez fou pour dormir dans une cabane perchée à quinze mètres de hauteur.

— Attends de voir le palace que c'est à l'intérieur. »

La porte de la cabane s'ouvrait avec une clé, comme une vraie maison. C'était une cabane qui avait des prétentions sédentaires, une cabane animée d'un idéal petit-bourgeois, elle s'était même parée d'un paillasson à l'entrée. Elle paraissait beaucoup plus grande à l'intérieur. Un matelas un peu poussiéreux dormait d'un sommeil prolongé par l'inutilité. Dans un miroir accroché au mur, Hélène aperçut le reflet du clair de lune, tel qu'on peut le voir, parfois, capturé au fond d'un puits.

« Bon alors ? Qu'est-ce que tu en dis, elle n'est pas magnifique, cette cabane ?

— C'est chez toi ?

— Oui, depuis que j'ai volé la clé. »

Colin se tenait juste derrière Hélène, il avait le menton à hauteur de ses cheveux et se mit à lui masser la tête. Les boucles qu'elle avait laborieusement obtenues en maniant une sorte de machine à gaufres s'évanouissaient sous ses gros doigts et revenaient doucement à leur état naturel. Quand elle fut tout à fait décoiffée, Colin déploya ses bras qui vinrent envelopper Hélène comme une cape. Il l'entraîna dans une valse pataude qui affola les cloisons, fit craquer le sol et atterrit lourdement sur le matelas.

La première fois qu'Hélène avait vu Colin, il soulevait la carcasse d'une voiture, au milieu d'applaudissements et d'encouragements avinés. C'était un 14 juillet. Elle le trouva d'abord très laid, d'une laideur primitive, néandertalienne. Elle imagina qu'il était le genre de personne qui, à vingt ans à peine, a déjà les dents clairsemées et les gencives noires. Il était coiffé en brosse, comme un troufion, et ressemblait à un bizut, une brute inoffensive préposée au nettoyage des chiottes. Une fois le concours de force terminé, elle se retrouva dans un bistro où il se tenait lui aussi, accoudé au bar. Le silence lui donnait l'air stupide de quelqu'un qui ne comprend rien au monde dans lequel il est et qui se contente de le subir sans se poser de questions.

Il regardait le patron essuyer les verres et celui-ci lui rendait son regard sauvage avec animosité. Il ignorait que l'intelligence et la beauté de Colin s'étaient concentrées dans une partie de son corps. Ses mains. Il avait des mains de génie, de géant, des mains à la morphologie grossière mais qui étaient habiles et entre lesquelles disparaissait une pinte de bière. Quand elle les vit, Hélène fut soudain prise de jalousie envers cette pinte qu'il caressait avec indifférence, faisait rouler entre ses doigts et qu'il aurait pulvérisée d'une chiquenaude. Elle comprit qu'il n'était pas de ceux qui nettoient les latrines, mais plutôt les écuries d'Augias, et sut immédiatement que sa place était là où se débattait la pinte de bière : entre ses mains.

Elle se jeta à la tête de Colin, avec cette audace inconsciente dont seules les grandes timides sont capables.

« Qu'est-ce que vous faites dans la vie ?

— Je fais des petits boulots, je cherche des occasions...

— Je suis votre occasion », le coupa Hélène.

Elle avait une bouche fine et craquelée qu'elle hydratait régulièrement avec sa langue, et ses petits pieds maigres nageaient dans leurs chaussures. Colin était touché, presque ému, par son corps frêle et maladif, par ses yeux caves, dans lesquels, pourtant, brûlait un étrange combustible : une force inquiétante. Il était intrigué par ce regard impavide et conquérant qu'elle posait sur lui, comme s'il lui appartenait déjà. Toutes les filles avaient peur de lui, et il fallait que la plus vulnérable d'entre elles le choisisse. Deux mois plus tard, il lui tendait ses mains d'étrangleur pour qu'elle lui passe un anneau d'or. Hélène épousait un hercule de 14 juillet, un type qui était garagiste ou gardien de phare selon le temps qu'il fait, n'avait pas plus de diplôme que d'argent sur son compte en banque, un type qui n'était pas sorti de la cuisse de Jupiter, non, c'était mieux que ça, il avait les cuisses de Jupiter.

Juste au-dessus d'eux, une effraie marchait bruyamment sur le toit de la cabane, d'une démarche bancale et mal assurée. Quand elle s'arrêta, elle émit un cri qui ressemblait à une respiration humaine encombrée par une tumeur.

« Qu'est-ce c'est ? » demanda Hélène. Son cœur battait si fort qu'elle faillit croire à sa translation intempestive, du côté gauche au côté droit.

« Une chouette, c'est rien. Tu as peur de ces bestioles... Toi ?

— J'ai peur de choses idiotes. J'ai peur de la nuit et des cabanes, du tonnerre et des araignées, mais je n'ai pas peur de toi. Et pourtant, des cinq, tu es le plus dangereux.

— Ça dépend de l'araignée... il y en a des mortelles.

— Mais tu es mortel, Colin.

— Avec les guêpes, les mouches, peut-être, mais pas avec toi. »

Il se leva du lit et cogna le manche de la lampe de poche contre le plafond pour faire fuir la chouette. Elle s'envola, pas très loin, car on entendait encore son cri, légèrement feutré par la distance.

Le matelas était râpeux et jonché de cailloux minuscules. Hélène se mit à les épousseter, mais il y en avait tellement, qui crissaient sur la toile, se logeaient dans les plis de son corps et dévalaient ses cheveux qu'il était inutile de continuer. Elle se laissa embrasser par Colin, qui, d'une gifle, la débarrassa de sa robe. Il fit danser le satin bleu nuit, qui atterrit en boule sur le cou d'Hélène, et la laissait nue et grelottante. Colin s'affairait sur les boutons pour la déshabiller complètement, mais la boutonnière résistait et la robe restait coincée sur sa gorge. Il l'aurait bien déchirée, mais il avait un soupçon de respect pour cette robe dans laquelle sa femme l'avait épousé.

« Allez aide-moi, enlève-moi ça, lui dit-il, impatient.

— J'ai froid, je voudrais que tu me donnes les couvertures.

— Des couvertures ! Mais je suis LA couverture qu'il te faut », dit-il en s'allongeant sur elle, une couverture à trente-sept degrés, un peu velue…

Très velue ! pensa Hélène soudain tout excitée.

« … avec des petits bonnets intégrés pour les parties du corps particulièrement frileuses. » Il pressa ses paumes contre ses seins — il ne s'y serait pas pris autrement pour étouffer deux nouveaux-nés — et attendit quelques secondes. « Tu te réchauffes ? »

Elle brûlait, oui. Elle brûlait de l'envie de disparaître sous lui. Elle l'avait choisi pour ça, pour sa puissance qui flattait sa faiblesse, parce qu'il lui faisait oublier ses os maigres qui pointaient misérablement sous sa peau décharnée. Parce qu'elle s'était rendue jalouse d'une pinte de bière qu'il avait tenue coincée entre ses mains, avant de l'ébrécher en la reposant violemment sur le bar.

Sur le matelas, écrasée sous son corps transpirant qui allait et venait violemment en elle, elle se sentait au bord de la fêlure. Elle le suppliait de ne pas faire attention à ses quarante kilos, à ses membres secs et fragiles. Il ne devait pas travestir sa puissance, pas pour elle. Elle le voulait tel qu'il était, dans cette masse brute que la civilisation n'avait pas affinée. Plus le plaisir montait, plus elle criait fort, elle lui disait qu'il la tuerait, qu'il la consumerait de sa force. C'est quand elle s'entendit hurler « Tue-moi ! » qu'elle fut soudain terrifiée. Il lui sembla que ces mots venaient de faire entrer la mort dans la cabane. Pas maintenant, pas tout de suite, suppliait Hélène, affolée. Elle essaya de faire rouler son hercule de l'autre côté du matelas. « Pousse-toi, laisse-moi respirer, laisse-moi vivre », gémissait-elle en se dégageant de la lourde emprise de Colin qui s'endormit dans la minute.

En se pelotonnant sous une couverture, Hélène pensa à ce mythe qui avait inspiré d'effroyables tableaux, l'histoire de Sémélé, cette maîtresse de Jupiter morte foudroyée en demandant à son amant de lui révéler sa puissance. Quelle bêtise, quelle vanité !... Et pourtant Hélène la comprenait comme une sœur, cette pauvre Sémélé qui avait voulu frôler la divinité, et en avait été brûlée vive. Hélène ne voulait pas finir comme elle, non, pas depuis qu'elle avait senti le souffle de la mort. La mort était une chose sérieuse, pas une simple fissure sur une chope de bière, ni une cicatrice dont on pouvait se vanter.

Pendant qu'ils faisaient l'amour, Hélène s'était fiché une écharde nerveuse entre deux côtes. Ce n'était pas grand-chose, bien plus petit qu'une aiguille de pin, à peine une épingle de couture, et pourtant, cette épine, qui gênait sa respiration, la faisait excessivement souffrir, parce qu'elle se disait que ce n'était qu'un centième du mal que pouvait lui faire Colin. Elle savait qu'il était capable de tuer, peut-être l'avait-il déjà fait, peut-être même sans s'en rendre compte, en faisant l'amour, avec une Sémélé qu'il avait étouffée entre ses cuisses.

Colin était loin, il dormait, et Hélène écoutait son souffle tranquille. Que connaissait-elle de lui ? Son nom de famille, puisqu'ils le partageaient désormais. Mais sa famille restait un mystère : des parents morts, des frères fâchés, une sœur au Brésil, à moins que ce ne soit l'inverse, des frères au Brésil, une sœur fâchée… Hélène s'était entichée de Colin comme on ramasse un caillou ou un coquillage, sans rien savoir de lui, ni d'où il vient, juste parce qu'il est beau, d'une couleur rare ou semble tombé d'une planète. Dans le noir, Hélène essayait de deviner les contours de son mari étendu sur le matelas. Il aurait pu être n'importe qui, un enfant, une femme, un animal, on n'y voyait rien. Même sa respiration, Hélène ne la reconnaissait pas, elle avait oublié le peu qu'elle savait de lui, et cette amnésie gagnait peu à peu sa propre personne. « Hélène Lemèse, née le 15 juin 1979, à Saint-Affrique, de Jacqueline Lefort et Bertrand Lemèse », dit-elle à voix basse, comme une formule magique, qui l'empêcherait de disparaître.

Elle chercha à tâtons la lampe de poche, en pensant que si l'obscurité favorisait l'oubli, la lumière le dissiperait. Elle éclaira ses mains qu'elle remua à la manière d'un paralysé qui sort d'une longue léthargie, puis dirigea le faisceau lumineux vers Colin. Elle voulait revoir son visage, ses cheveux en brosse, peut-être comprendrait-elle qui il était. Elle se dirait qu'elle n'avait rien à craindre de lui, qu'il l'aimait, un peu brutalement, à sa manière, mais il l'aimait.

Elle le trouva plus beau que d'habitude, et le rêve qu'il était en train de faire imprimait sur son visage une expression de raffinement et d'intelligence qu'elle ne lui avait encore jamais vue. Il avait l'air si doux… Avait-elle rêvé sa violence ? Elle voulut laisser la lampe allumée, pour ne pas effacer cette vision qui la réconfortait. Elle se blottit contre lui, embrassa son épaule, lui murmura « bonne nuit ».

La lumière avait relégué sa peur tout au fond d'elle-même, elle n'avait plus qu'à fermer les yeux, dormir… Ici, la clarté, là, l'obscurité, se rassurait-elle en se réfugiant dans la lueur de la lampe électrique. Hélène croyait que la lumière et l'ombre ne se mélangeaient pas, un peu comme l'eau et l'huile. Elle changea brutalement d'opinion en voyant apparaître une araignée grosse comme son petit poing ; elle marchait à la lisière du faisceau lumineux, à moitié éclairée. Hélène fit un bond d'un mètre en arrière.

Devant une araignée, même petite, même inoffensive, Hélène perdait tout sens commun. Elle n'osait jamais la tuer, car elle ne pouvait pas la regarder en face, détailler ses pattes velues et rapides, son corps bombé, ses crocs indécents qui débordaient de sa bouche. Hélène voyait dans les araignées une concentration des maux de l'humanité depuis la nuit des temps. Cette créature, la plus laide de toutes, était le réceptacle des vices, des maladies, de la saleté, des famines. Pour Hélène, l'araignée n'était pas une bestiole parmi tant d'autres qui se nourrissent de moucherons et de moustiques, c'était un animal mythologique dont les pouvoirs la dépassaient. Celle-ci, qu'Hélène fixait du bout de sa torche, se tenait immobile, sur l'épaule de Colin.

À part dire son prénom, que pouvait-elle faire pour le réveiller ? Le toucher était au-dessus de ses forces, alors elle compta les moutons à rebours : dix moutons, neuf moutons, huit moutons… La peur la rendait superstitieuse, et elle était suffisamment naïve pour croire qu'il se réveillerait à zéro. Des bas-fonds de son sommeil, il devait l'entendre, car il répondait à ce troupeau qui venait de débarquer dans la cabane en pointant le menton vers le plafond et en balbutiant des mmm, mmm. Mais la voix d'Hélène n'atteignait pas sa conscience, elle restait suspendue à un fil, entre le rêve et la réalité. Zéro mouton. « Tu as entendu ? Zéro. Oh, Colin, Colin, Colin, Colin », appelait-elle en maniant avec maladresse la lampe de poche, dont le faisceau se mit à trembler, lorsque l'araignée commença à se mouvoir. Elle descendait le bras de Colin, longeait une veine violette qui boursouflait sa peau, et traînait derrière elle la soie baveuse de sa toile. Elle marchait dans la lumière, comme si elle avait été guidée par les prières d'Hélène, qui continuait d'espérer que Colin reviendrait à lui. L'araignée s'approchait, Hélène reculait, et son dos heurta la porte de la cabane.

Quand elle était petite, Hélène avait une cabane, moins haut perchée que celle-ci dans la réalité, mais à peu près semblable dans ses souvenirs d'enfant dont la loupe grossissante rallongeait les distances et agrandissait les surfaces. Elle y jouait seule, y vendait des tomates irréelles, auscultait des patients invisibles. Un jour, elle y avait vu une araignée, bien moins grosse que celle qu'elle toisait cette nuit, mais à l'échelle d'une fillette, une araignée de la taille d'une pâquerette fait l'effet d'une mygale. Sans réfléchir, Hélène avait sauté dans le vide, peu importaient les buissons de houx qui accueillirent sa chute, le danger, il fallait échapper à cette image, une araignée, le réceptacle des maux de l'humanité.

Hélène ne savait pas qu'elle avait moins à craindre en laissant courir ses huit pattes sur les planches vermoulues de la cabane qu'en tombant de tout son poids sur un tapis de houx. Mais elle avait sauté. Était-ce par courage ou par lâcheté, elle s'était réfugiée dans le vide. Cet acte irréfléchi avait inquiété ses parents, qui s'étaient mis en tête de mettre le monde sous cloche pour éviter qu'il ne blesse leur fille, puisqu'elle était incapable de se protéger contre lui.

L'araignée avait disparu. Hélène la cherchait nerveusement en dirigeant sa lampe torche tous azimuts, l'idée qu'elle pouvait être proche d'elle, à côté de son pied nu, la rendait folle. Pour lui interdire toute prise, elle sautilla sur le sol, comme s'il avait été du sable brûlant, puis s'immobilisa, un pied en l'air. Elle n'allait quand même pas passer le reste de la nuit sur une jambe, à guetter les allées et venues d'une araignée, c'était ridicule. Soit Colin se réveillait, tuait l'animal, et elle se recouchait... Oui mais s'il y en avait d'autres ? Des frères, des sœurs, toute une famille ? Elle garderait un œil ouvert, dans le halo de la lampe électrique, elle monterait la garde. Soit elle s'en allait... Sans Colin ?.... Sans Colin. Sauf qu'elle n'avait nulle part où aller, elle était venue ici les yeux fermés ou presque, et ne savait pas où commençait, où finissait, cette forêt. Alors ? Alors, elle devait rester là, debout, éveillée.

À deux mains, Hélène tenait la lampe la tête en bas et éclairait ses pieds. Elle était droite et figée, emprisonnée dans un disque doré qui révélait les veines, les échardes, les rainures pleines de cailloux lilliputiens du parquet. La peur l'avait ligotée, et dans sa prison de lumière, elle continuait d'appeler Colin pour qu'il la libère. Elle voulut revoir le visage apaisé et serein qui l'avait rassurée quelques minutes auparavant, et de sa lanterne elle fouilla l'obscurité afin de le retrouver. Elle vit d'abord sa pomme d'Adam, remonta le long de son cou jusqu'au menton, découvrit ses lèvres, sa b…

Un cri, dont l'origine ne semblait rien moins qu'humaine, ébranla les murs de la cabane, délogea la chouette de son asile tranquille à quelques mètres de là, et noya plus profondément Colin dans sa torpeur, comme s'il avait trouvé que le monde extérieur était trop hostile pour s'y éveiller. Il chercha un peu d'air en ouvrant grand la bouche, bâilla un innocent « moa moa moaaaaa », qui fit tanguer l'araignée. Elle s'était installée sur les boudins des lèvres de Colin, quatre pattes dedans, quatre pattes dehors. Et s'il l'avalait, qu'elle descendait dans sa gorge et le mordait ? Hélène cria de plus belle. L'araignée n'avait pas bougé, elle se réchauffait à son souffle, la sale bête, prenait un bain de soleil par cette nuit noire.

Ils avaient l'air si bien tous les deux, l'animal, qui ne bougeait pas, Colin, qui refusait de quitter le sommeil, qu'Hélène pensa qu'ils étaient de mèche. Il devait y avoir quelque filiation entre eux : Colin et l'araignée, façonnés par les maux de l'humanité dont ils étaient les gardiens. Comment pouvait-elle se fier à un homme qui dormait, heureux, un arachnide comme un fermoir sur la bouche ? La lumière de la lampe commençait à faiblir, elle clignota, puis s'éteignit complètement alors qu'Hélène la secouait, pour en extraire les dernières gouttes d'énergie.

La nuit revint, encore plus noire et plus épaisse qu'avant. Elle avait coulé partout. Il n'y avait plus de nord, plus de sud, plus de repère ni de connaissance, plus de souvenirs. C'était le genre de nuit qui fait douter qu'il y aura un matin, qui pénètre le corps humain jusqu'aux os. Hélène cherchait à tâtons la porte de la cabane. Elle espéra que le monde extérieur serait moins sombre, et que l'aube s'était déjà levée, dans une région plus précoce qu'on pourrait apercevoir à l'horizon, sous un trait rose. La nuit est toujours trop longue pour celui qui ne dort pas, et Hélène était pressée d'en finir avec elle.

La porte en bois s'ouvrit sur un immense dais de velours, dont Hélène, qui était toujours nue, se fit un vêtement. Elle rejoignit la terrasse à quatre pattes. Ses mains aveugles cherchaient un signe familier et furent soulagées de reconnaître les contours d'une des deux chaises longues, sur laquelle la jeune femme s'assit avec précaution. Le matin était encore trop loin pour se montrer et, pourtant, il devait être cinq heures, peut-être six. Ce retard inquiétait Hélène. Encline au cauchemar et à une interprétation mythologique des phénomènes naturels, elle soupçonna la nuit d'avoir étranglé l'aube et caché son cadavre dans les plis de sa tunique infinie. La lune aussi s'était volatilisée, aspirée par le miroir, elle n'avait plus fait surface depuis. La nuit avait avalé les astres et les planètes, feutrait les bruits, réduisait les feuilles des arbres et les animaux au silence, et Colin à un sommeil comateux.

Hélène tenait toujours entre ses doigts la lampe de poche

qui lui avait dévoilé le pire avant de s'évanouir. Elle se leva de son transat, fit un pas vers le vide, et jeta la torche par-dessus bord, à la manière de quelqu'un qui lance un caillou au fond d'un puits pour en jauger la profondeur. Elle tendit l'oreille. Rien. Pas le minuscule indice d'un atterrissage. Pas le minuscule écho d'un impact sur la terre, comme si la lampe était tombée dans un trou noir. Qu'y avait-il là-dessous ? Hélène tapa du pied les lattes de bois pour en analyser la résonance, elle avait l'impression de tâter une route goudronnée, solidement chevillée au sol.

Elle essaya de se souvenir de l'ascension du chêne, quelques heures auparavant, de revoir le sous-bois qui avait soutenu ses pas, d'entendre, dans sa mémoire, crisser les feuilles mortes. Colin et elle avaient marché dans la forêt, elle avait remonté sa robe, enlevé ses chaussures. Colin lui avait dit quelque chose comme « Tu verras… un petit paradis », et elle avait gravi l'échelle à contrecœur, pour atteindre la cabane, perchée à quinze mètres de hauteur.

Hélène s'assit sur le rebord de la terrasse, ses pieds pendaient dans le vide, et pourtant il lui semblait qu'ils reposaient sur un socle ; l'air était si dense, presque solide, elle l'aurait embrassé, dépecé, elle se serait taillé des petits morceaux de nuit. Était-ce cela, le vide ? Cette matière ouatée, épaisse, où les choses disparaissaient sans bruit ? Hélène se rapprocha du bord, ses jambes flottaient désormais dans l'air. C'était bon, caressant comme un bain de mer. Elle s'immergeait dans la nuit voluptueusement, y enfonçait ses cuisses, son entrejambe, sa taille, sa poitrine. Ses mains, agrippées à la terrasse, soutenaient son poids plume, qui se balançait, ne demandait qu'à s'envoler. Tomber dans le vide, c'était comme tomber à l'eau, on ne craignait rien, juste un léger vertige, un étourdissement, le frôlement de l'absolu. Qu'aurait fait Sémélé à sa place ? Elle y aurait plongé, dans un magnifique saut de l'ange.

À l'horizon, pointaient les premières lueurs de l'aube, un trait auroral venait d'apparaître au loin, comme une saignée rassurante dans la nuit. Qui sait si Hélène ne se serait pas hissée sur la terrasse pour rejoindre Colin, si elle avait vu que le matin se levait doucement ? Mais elle lui tournait le dos, elle se tenait face à l'obscurité, et les premiers rayons de lumière étaient encore trop faibles pour éveiller sa clairvoyance.

La nuit n'était pas tout à fait finie, et l'araignée avait suivi Hélène sur la terrasse. La jeune femme sentit sur sa main le ballet synchronisé de ses quatre paires de pattes, quatre compas affûtés. Elles escaladèrent ses doigts, se ruèrent sur son poignet. Il y eut une morsure, puis une deuxième, et l'attache, qu'Hélène avait fine, commença à enfler en incubant le venin. « Colin ! Colin ? », chuchota-t-elle une dernière fois, comme un adieu, le plus faiblement possible, car elle se moquait d'obtenir une réponse, elle était déjà partie, elle savait qu'elle ne reviendrait pas. Ses jambes, qui se balançaient dans l'éther, essayaient de convaincre le reste de son corps de lâcher prise. Elle disparaîtrait dans la nuit, juste après avoir caressé l'absolu. Personne n'entendrait sa chute. D'ailleurs, qui pouvait dire s'il y aurait une chute? La lampe électrique n'avait pas chuté, elle s'était dissoute dans l'air. Hélène se laisserait tomber, ça serait comme un bain de mer, comme de retrouver son lit après avoir trop longtemps veillé.

L'hôtel du Bois

Ils avaient retenu une chambre dans un hôtel tout ce qu'il y a de plus classique, facile d'accès, au bord d'une nationale. Un hôtel sans identité particulière, qui avait dû accueillir des routiers, des prostituées, peut-être même une héritière des Habsbourg, un chanteur de variétés en tournée : l'hôtel du Bois. Avouez que, sur le papier, c'est charmant, sauf que le bois n'existait plus — comme dans ces anciennes régions lacustres d'où l'eau s'est retirée, et dont il ne reste plus que de lointains souvenirs dans la toponymie ou le relief en mer d'huile —, on pouvait encore voir au fond du jardin de l'hôtel la petite maison du garde forestier, transformée en remise. « Hôtel de la Route » aurait été plus à propos, puisqu'on entendait les voitures rouler à tombeau ouvert, pressées d'atteindre le bord de mer, un endroit plus joli que cette campagne nue, mais Irène et Julien ne l'auraient jamais choisi pour leur nuit de noces. Pas assez romantique. On ne passe pas cette nuit-là n'importe où, il y a un minimum de confort et d'exotisme requis, mais l'hôtel du Bois, ils s'en rendaient compte seulement maintenant en passant la porte d'entrée vitrée et chargée d'autocollants publicitaires, semblait au-dessous de ce minimum.

En voyant arriver Irène et Julien, elle dans une petite robe chasuble blanche en tweed, lui dans un costume sobre et sans cravate, le veilleur de nuit leur fit un clin d'œil, avant de leur donner la clé : « On vous l'a pomponnée, votre chambre, vous ne serez pas déçus. » Les amoureux prirent le lourd porte-clés en métal, où était gravée l'inscription « chambre romantique », la prétention de ce titre immérité les fit sourire. Ils ne disaient rien, la nuit les forçait au silence, cette nuit d'automne, froide et intimidante. Ils prirent l'escalier, elle devant lui derrière, elle se doutait qu'il devait reluquer ses jambes moulées dans le lycra et qu'il remontait jusqu'à ses fesses, alors elle grimpa les marches quatre à quatre, pour se dérober à son regard. Sur le palier, un bûcheron — sans doute le dernier de cette région déboisée — essayait de retrouver sa chambre, qu'il pensait reconnaître en regardant à travers les serrures de toutes les portes du couloir.

Irène et Julien étaient dans le noir. Il fallait traverser la chambre, dans laquelle la lumière du hall s'était très légèrement infusée, pour pouvoir l'éclairer. La main d'Irène caressait la paroi pour ne pas rater l'interrupteur. Quand ses doigts le rencontrèrent, la chambre s'illumina crescendo. D'abord les veilleuses de part et d'autre du lit, qu'on avait parées pour l'occasion de voilages roses dans une matière très inflammable et qu'Irène retira sur-le-champ en glapissant : « Ils veulent nous tuer ou quoi ? », puis le plafonnier, une espèce de saladier en plastique renversé. Voilà. Ils y étaient. Julien s'assit sur le lit pour délacer ses chaussures, il avait passé dix heures debout, et avait les pieds comme des pastèques. Il espérait qu'Irène lui ferait un massage, un soin thérapeutique qui serait aussi un très bon préliminaire pour la suite. Irène faisait le tour de la chambre. « Ils peuvent pas s'en empêcher, ça doit les exciter. Tu as vu ces pétales de rose ? Ces chiffons sur les lampes, cette corbeille de fruits ? Pousse-toi de là que je nettoie tout ça. » Elle balaya avec ses avant-bras les pétales, qu'on avait laborieusement disposés en cœur sur le dessus de lit. « Je ne sais pas toi, mais moi, cette mise en scène me coupe l'envie », elle disait ça en cherchant la poubelle pour jeter son tas de fleurs mortes. « Tu n'as *jamais* envie », pensait Julien en retirant ses boutons de manchettes.

Irène craignait les hôtels pour leur saleté, leurs draps qu'il fallait nettoyer tous les jours, pour leurs salles de bains où tant de gens forniquent en pensant vivre un moment spécial, alors que faire l'amour dans une salle de bains d'hôtel, franchement, il n'y avait pas plus grégaire selon elle. Les chambres d'hôtels transpirent le sexe, et la leur, cette nuit-là, ne faisait pas exception.

Si Irène avait accepté d'aller à l'hôtel du Bois après leur mariage, c'était pour des raisons pratiques, il était sur leur route. Et puis elle s'était laissé séduire par le cliché des auberges de campagne, silencieuses et tranquilles, mais l'hôtel du Bois ne valait pas mieux que n'importe quel repaire de routiers.

Le lendemain, Irène et Julien partiraient en voyage à la mer, ils adoraient le bord de mer au mois d'octobre, les baraques à frites fermées, les campings déserts, le Luna Park dans son rideau de fer. C'étaient des jeunes mariés modestes, qui vivaient au-dessous de leurs moyens. Ils aimaient les choses qui ne s'achètent pas, et s'en contentaient. Pour eux, leur voyage de noces se confondait avec leur nuit de noces, ils n'avaient jamais fait l'amour ensemble, alors il importait peu qu'ils le fassent en Italie ou aux Maldives. Julien était allongé sur le lit, la chemise ouverte jusqu'au nombril.

« Tu es contente de ton mariage ?

— Oui.

— De ton mari ?

— Oui.

— Et de cette chambre d'hôtel ? Je vois bien qu'elle ne te plaît pas du tout, mais détends-toi un peu, on n'a qu'à faire comme si on était sur la route, on aurait un camion rempli de marchandises illicites, tu serais ma petite routière, ma trafiquante. Allez, il est pas si terrible cet hôtel…

— Je crois que je suis un peu nerveuse », lui répondit-elle. Elle avait enlevé ses chaussures, elle faisait semblant d'être décontractée, pour elle, c'était le premier niveau de la décontraction. Elle se mit à inspecter, l'air faussement détaché, les décorations murales : un cœur en terre cuite, un masque vénitien, un portrait de cheval en tapisserie qui avait jauni. Sa connaissance des hôtels se limitait à cette gamme d'établissements bon marché, qu'on décore toujours avec des masques vénitiens ou des portraits de cheval. Elle n'était pas très regardante sur le standing des hôtels, mais elle avait pensé que pour sa nuit de noces…

« Qu'est-ce que tu lui trouves à ce cheval ? Viens plutôt par ici », lui enjoignit Julien. Elle vint le retrouver sur le lit, comme on s'assoit sur un canapé dans le salon d'un inconnu.

Julien et Irène se connaissaient depuis l'enfance. Ils avaient été de vieux amis, avant d'espérer être de jeunes amants. Ils n'y étaient jamais parvenus, à cause de cette familiarité fraternelle qui les liait depuis le cours élémentaire et se mettait en travers de leur amour. Ils n'avaient jamais eu besoin de se séduire, puisqu'ils étaient ensemble depuis toujours. Julien regrettait le temps où ils jouaient au docteur, où elle se laissait enlever sa petite culotte sans parlementer. Aujourd'hui, c'était toute une affaire pour lui faire enlever ses chaussures, son pull, son jean, alors, sa petite culotte, n'en parlons pas. Ils avaient pensé que le mariage leur faciliterait les choses, leur accorderait cette virginité d'antan qu'ils avaient dû perdre à l'adolescence, à l'âge des premières pudeurs.

Depuis, ils s'étaient sagement confinés dans un amour platonique qui satisfaisait Irène — elle aimait son fiancé comme une famille, un parrain, un grand frère, un ami, et n'était pas très curieuse de voir quel effet cela faisait de coucher avec un représentant de cette liste —, mais brimait Julien. Il lui avait souvent répété qu'elle n'avait pas le choix, qu'en amour, on donne tout ou rien, et qu'il se fichait pas mal d'être comme son parrain ou son grand frère. Lui voulait être son amant. « Tu veux toujours tout, tout de suite, attends un peu, et tu verras qu'un jour je serai ta femme. En-tiè-re-ment », lui répondait-elle. Maintenant qu'ils étaient mariés, ils étaient obligés de s'étreindre. Irène et Julien se donnaient jusqu'au matin avant de devenir, vraiment, mari et femme.

Irène jeta un œil à la corbeille de fruits, elle frissonna en voyant leurs formes impudiques et en pensant à la vulgarité de la personne qui les avait placés là. « Je meurs de froid, je vais aller prendre un bain », dit-elle en embrassant Julien sur le front. Il tendit le bras pour soulever sa robe, il aimait taquiner sa pudeur, mais elle partit trop vite, referma la porte de la salle de bains et sembla hésiter quelques secondes avant de pousser la targette.

Julien leva les yeux au plafond, il avait l'habitude de patienter. Leurs fiançailles avaient été si longues. Quatre ans. Oh, il était allé voir ailleurs, bien sûr, et ne le lui avait pas caché. Il avait essayé maintes fois de la convaincre de faire l'amour avec lui : « Bien sûr que j'aime ton âme, ton âme est très désirable, ce n'est pas la question, mais ça ne suffit pas, tu comprends? Si tu ne veux pas m'aimer de cette façon, je ne sais pas si je pourrai être fidèle à un corps que je ne connais même pas. » Il l'avait prévenue, et il avait aimé d'autres corps, en espérant que celui d'Irène lui reviendrait un jour. Irène n'était pas jalouse, elle était coupable. Et curieuse. Elle prenait ces demi-trahisons comme un apprentissage. Elle aurait voulu tout savoir des femmes avec qui il la trompait.

Étaient-ce des amies ou des inconnues ? Est-ce qu'ils faisaient ça chez lui, chez elles, ou à l'hôtel ? Elles se déshabillaient à quel moment, avant ou après lui ? Et lui, qu'aimait-il en elles, quelle partie de leur corps ? Préférait-il les blondes ou les brunes, les grandes ou les petites et menues, comme Irène ? Avait-il honte ? Elle cherchait des réponses dans le comportement de Julien, était-il transfiguré par le sexe ? Pas tellement. C'était presque décevant de le voir si inchangé après ces rendez-vous qu'il disait nécessaires. Il portait toujours la même allure, la même silhouette, les épaules tombantes, un très long cou et des cheveux un peu fous qu'il faisait pousser pour raccourcir, par un effet d'optique, son col de girafe.

Julien était à peine plus haut qu'Irène qui n'était déjà pas bien grande. Les gens disaient qu'ils se ressemblaient, ils avaient la même bouche, très fine, dessinée à la pointe sèche, une bouche qui serait passée inaperçue, si elle n'avait été effrontément colorée, presque bleutée. Irène était la version jolie de son mari. Les atouts de la première faisaient les défauts du second. Elle était petite, osseuse, mais ce qu'elle manquait en générosité elle le gagnait en énergie.

Elle faisait penser aux gymnastes russes ou aux contorsionnistes chinoises qui peuvent se faufiler dans une bouteille en emmêlant leurs membres comme des fils de fer. Julien aimait la rapidité, la précision de son corps, pourtant si raide et intransigeant quand il s'agissait d'amour. À côté d'elle, il semblait frêle et fragile. Il n'avait pas encore de poils sur le torse, et à son âge, vingt-cinq ans, cela l'inquiétait un peu.

Par la force des choses, Julien était devenu un homme à histoires, histoires de femmes et de fesses. Elles ne se jetaient pas sur lui, mais elles étaient dans son sillage, l'avaient transformé en un garçon à la vie sexuelle agitée et compliquée, alors qu'il n'en avait vraiment pas le profil. Un homme à qui il arrivait de faire l'amour dans des toilettes publiques ou dans un parking, très vite, très mal, un amant qui mentait à ses maîtresses, leur donnait de faux numéros de téléphone. Il n'était pas un séducteur, seulement un éternel fiancé qui craignait de sombrer dans la misère sexuelle. Et il était étonné, lui qui dépassait à peine le mètre soixante-dix sous la toise, et dont les épaules tombaient en accent circonflexe, qu'une amie d'amie ou une cousine de cousine veuille prendre la place qu'Irène laissait vacante dans son lit, juste pour une nuit, juste pour son corps. En quatre ans, il avait eu une bonne vingtaine de maîtresses. Il s'était fixé pour règle de ne jamais coucher plus d'une fois avec elles, pour ne pas leur donner l'illusion d'une relation ou d'un adultère. Il n'était pas un homme adultère, il subissait avec dégoût ses propres infidélités, et prenait ces femmes comme un traitement médicamenteux âcre, mais vital.

Julien en voulait à Irène, à son air serein quand elle s'apercevait qu'il avait passé la nuit avec une autre, et qu'il lui octroyait ainsi un léger sursis. Ils s'étaient quittés, quatre fois en quatre ans, avant de se retrouver, parce qu'ils s'aimaient malgré tout, lui dans un lit borgne qui ne comportait qu'un seul oreiller, elle sur le canapé.

Sur une des tables de nuit était posée la corbeille de fruits. Julien se demandait pourquoi Irène trouvait une interprétation scabreuse à chaque parcelle du monde. Que voyait-elle dans cette mangue et ces grenades enturbannées dans un panier d'osier ? Il en prit une, on aurait dit une boule de sapin de Noël, en se demandant comment ça se mangeait. Il chercha son canif dans sa trousse de toilette et se mit à scarifier la peau de la grenade, puis la coupa en deux. Il essaya de dessiner des quartiers à la pointe du couteau, et un jus rouge se mit à couler le long de la lame et du poignet de Julien. Il regardait les dizaines d'atomes du fruit, agglomérés comme les cellules d'un organisme, ça lui rappelait les cours de sciences naturelles, la méiose, la fécondation dans l'œil d'un microscope… Il n'y goûterait pas. Il s'essuya les mains sur une serviette en papier et se rallongea sur le lit, en fixant le plafonnier.

« Il n'y a pas d'eau chaude. Décidément, cet hôtel… » Irène était réapparue, en pyjama. Elle s'était démaquillée, déshabillée…et rhabillée. Elle se pelotonna dans le lit, et

Julien en profita pour l'embrasser, sur la bouche, le menton, le cou, sur la ligne de ses omoplates.

« Attends, pas tout de suite.

— Tu n'oublies pas notre pacte ?

— Non non », et sa tête disparut sous les draps.

Les aventures de Julien avaient fini par désoler Irène, une médiocre rivale face à ces femmes qui donnaient du plaisir sans négociation, sans procrastination. C'était à Irène, la fiancée trompée, de capituler, pas à elles, qui ne rechignaient pas à partager leur lit, ne connaissaient pas ce sentiment triste et rassurant qu'Irène éprouvait en dormant sur le canapé, et en écoutant, derrière la cloison, la respiration de Julien. Irène enviait la nonchalance de ces femmes, qui s'endormaient au milieu de la couche, leur corps qui savait aimer sans crainte, alors que le sien n'était bon qu'à rentrer dans une bouteille. Un jour, elle demanda à Julien s'il avait l'intention d'arrêter de coucher avec d'autres femmes. « Pas si tu continues de me refuser ton corps, lui répondit-il. — Épouse-moi et je te le donnerai, avait-elle dit. » C'était ça le pacte, le mariage contre le sexe. À l'hôtel du Bois, allongés dans le même lit, elle frigorifiée, lui refroidi, sous un plafonnier en forme de saladier renversé, ils avaient honoré la première partie du contrat, restait encore la seconde.

La tête d'Irène réapparut sur l'oreiller.

« Tu sais ce qui pourrait me détendre ? Un jeu.

— Quoi comme jeu ? N'essaie pas de faire diversion.

— Mais non, écoute. Je suis une personnalité, un artiste, un écrivain, un homme politique, n'importe qui ayant marqué l'histoire, et tu dois deviner qui c'est en posant des questions. Je ne réponds que par oui ou non. OK ?

— Bon… Est-ce que tu es une femme ?

— Oui.

— Est-ce que tu es belle ?

— Oui, je crois.

— Est-ce que tu es mariée ?

— Oui.

— Est-ce que tu fais l'amour avec ton mari ?

— Qu'est-ce que t'es chiant, alors ! Je te préviens, si tu continues, je prends la chambre d'à côté.

— Pourquoi ça ne pourrait pas être une vraie question ?

— Parce qu'on se fout de savoir si les personnages historiques faisaient l'amour avec leur mari ou pas. Les personnages historiques avaient des amants ou des maîtresses, et puis c'est tout. Question suivante.

— Est-ce que tu es morte ?

— Oui.

— Il y a longtemps ?

— Oh que oui ! Il y a même des milliers d'années.

— Tu es Mme Cro-Magnon.

— Il y a des *milliers* d'années je n'étais pas si poilue.

— Bon, ça m'ennuie, ton jeu. Tu es détendue maintenant ?

— Tu ne veux pas savoir qui je suis ?
— Non, mais j'aimerais savoir comment tu es sans ton pyjama. »

Irène portait des pyjamas d'homme, qu'elle boutonnait jusqu'au cou. Ses jambes et ses bras trop courts flottaient dedans, mais en serrant très fort le lacet coulissant de la ceinture, elle s'arrangeait pour ne jamais le perdre, ne jamais se retrouver, le matin, à demi dévêtue. « Tu peux te dispenser de mettre le bas, la chemise te descend jusqu'aux genoux... Je me demande où tu vas les chercher, ces pyjamas... dans des supermarchés pour grands-pères ? Tu aurais pu faire un effort quand même, je m'attendais à quelque chose d'un peu plus..., souffla Julien.
— Je ne sais pas séduire, le coupa-t-elle.
— Tu ne *veux* pas. Nuance. »
Et pourtant il crevait d'envie de mettre à nu ce petit corps sec et vif, de voir les galets alignés de sa colonne vertébrale, de lécher le creux minuscule qu'il devinait entre ses seins. Il savait que son corps lui plairait, il fallait simplement qu'elle lui en permette l'accès.
Pendant leurs longues années de fiançailles, Julien s'était renseigné sur les rapports sexuels, il avait lu un tas d'articles qui l'enjoignaient de ne surtout pas brusquer sa compagne et de lui demander, poliment, gentiment : vaginale ou clitoridienne ? Julien ne voyait pas comment on pouvait appliquer cette théorie sans passer pour un pauvre type, un clinicien du sexe. Dans ces revues idiotes qu'il achetait par

désespoir, les sexologues racontaient qu'il était important de montrer qu'on se souciait du plaisir de sa femme, qui ne devait pas subir l'acte sexuel mais y participer pleinement. Comme si cela pouvait l'avancer ! Encore fallait-il qu'Irène lui laisse dénouer le lacet de son pyjama. Il était encore très loin du diagnostic, vaginale ou clitoridienne, pff... quelle blague !

Julien avait éteint la lumière. Il caressait les cheveux d'Irène, une petite boule de cheveux très doux, rétifs au coiffage et qu'elle portait comme une auréole. Elle, elle essayait de recomposer l'ameublement de la pièce dans l'obscurité. Son regard tâtonnait pour retrouver le portrait de cheval. En se concentrant bien, elle pouvait même voir les éclaboussures d'eau qu'il provoquait en se cabrant sur une plage, dans le coucher de soleil. Elle observa l'armoire, qui semblait, dans le noir, un long cercueil debout. Les battants étaient restés ouverts, et Irène voulut se lever pour les refermer, parce que maintenant qu'elle avait imaginé un cercueil, elle n'arrivait plus à voir l'armoire, et elle sentait même un souffle froid et macabre s'en échapper. Mais elle ne bougea pas du lit.

Elle observa le cœur en terre cuite, et l'image qui frappa sa rétine ne fut pas celle d'un cœur en terre cuite mais d'un masque mortuaire. Dans le relief de l'argile, elle crut même voir le dessin d'une paire d'yeux fermés pour l'éternité. Julien avait raison, elle se défaussait. Elle préférait poursuivre les chimères de son imagination, à s'en terrifier, à s'en gâcher la nuit, plutôt que d'accomplir le pacte. Julien faisait semblant de s'endormir, il guettait, les yeux clos et la respiration constante, l'étreinte qui viendrait peut-être. Il avait tant de fois brusqué Irène en faisant le premier pas qu'il attendait désormais, sans trop y croire, qu'elle prenne les devants. Si seulement elle pouvait s'approcher de lui, se glisser comme une épouse sensuelle et aimable de l'autre côté du lit, du côté vivant et chaud. De son côté à elle, les draps ne parvenaient pas à réchauffer ses pieds glacés.

Irène espérait qu'ils trouveraient un hôtel plus chaleureux au bord de la mer, même si elle savait que ce n'était pas l'hôtel le problème. Ils auraient été dans un trois étoiles, avec eau chaude et chauffage central, qu'elle aurait eu aussi froid, aussi peur. Le problème, c'était sa virginité, cette froidure en elle, c'étaient ces pyjamas de grand-père dont elle se ceignait jusqu'au sang. Son regard obliqua de nouveau vers l'armoire. À l'intérieur, une rangée de cintres vides s'était transformée en une réunion de squelettes. Irène ralluma, juste le temps de revoir l'armoire, si ordinaire, le petit cœur en terre cuite, si mièvre dans le halo de la veilleuse. « De quoi as-tu peur ? lui susurra Julien qui était habitué, quand il dormait avec Irène, aux intermittences de l'obscurité, il n'y a rien dans cette chambre qui puisse te faire du mal. »

Irène n'était peut-être pas faite pour le mariage et la vie conjugale. Elle pensait souvent qu'elle aurait été une bonne

Vierge Marie. Une parfaite Immaculée Conception, un être idéal conçu idéalement et qui enfanta idéalement. Bienheureuse Marie, mariée à un homme qui ne la toucha jamais ! Irène fit rouler son alliance autour de son annulaire. Elle était obligée de le faire, elle l'avait promis à Julien devant ses parents et un officier d'État civil. Alors elle ferma les yeux, s'interdit toute réflexion, toute pensée délétère sur l'acte sexuel, sur la douleur et les souillures qu'il provoquerait. Elle prit la main de son mari, et la posa sur le nœud de son pyjama, comme un signal. Julien lui tournait le dos, mais ses doigts l'entraînèrent vers le côté froid du lit, où Irène était recroquevillée, ses pieds gelés pelotonnés comme de petits animaux malades dans les jambes de son pantalon.

Il l'embrassa, et essaya de détendre ses membres qui s'étaient entortillés sur eux-mêmes pour mieux se parer contre le froid et la peur. Il se coucha sur elle, de tout son long, et Irène consentit à se fondre dans une pose symétrique. L'un sur l'autre, bassin contre bassin, bouche contre bouche, ils n'avaient jamais été aussi près de leur amour. Julien fit rouler sur ses hanches le pyjama d'Irène. Pour la première fois depuis qu'ils avaient joué au docteur au fond d'un jardin ou dans une cabane, il lui toucha les seins sans qu'elle se mette à gémir. Il put même lécher, comme dans son rêve, le minuscule trait d'union qui les séparait. Elle acceptait d'être aimée, entièrement. « Tu es enfin là », lui murmurait-il en embrassant ses cheveux, son cou. Il pétrissait ses cuisses, pinçait sauvagement cette chair qui lui avait tant manqué. Il avait envie de la mordre, d'imprimer ses empreintes sur sa peau, de…

« Hé là, doucement, tu me fais mal ! » gémit Irène. Oh pardon, il était désolé, il avait été brutal, fallait le comprendre aussi, il attendait ce moment depuis si longtemps… Julien rentra ses dents, détendit ses doigts, ramollit ses lèvres, et il embrassa Irène doucement, calmement, comme ferait un ours en peluche. Il n'était pas sûr que ce soit de bons préliminaires et, selon lui, le rapport sexuel était plutôt mal engagé. Cette intuition se confirma quand Irène leva le menton vers ses lèvres, pour lui faire un baiser d'Esquimau, un baiser que font les mamans à leurs petits. Julien voulut relever le niveau de l'étreinte, lui donner un sens plus érotique, plus « nuit de noces », il lui enfonça sa langue dans l'oreille. C'était risqué. Et il se dit qu'il venait de gâcher sa chance en voyant Irène immobile, comme si elle avait subi un choc qu'elle ne comprenait pas, la tête légèrement de biais, posée sur son cou tendu comme une boule de bilboquet, attendant des explications. Puis elle se dégagea de l'étreinte. D'un coup de bassin efficace, elle fit basculer le corps de Julien de l'autre côté du lit.

« Qu'est-ce qu'il y a ? » Il était à la fois accablé et contrit. « Je crois qu'on ne le fera jamais, Irène.

— Non, ce n'est pas ça, je t'assure, tu te trompes », répondit-elle en enfilant d'un seul mouvement sec son pantalon de pyjama. Elle se rhabillait toujours avec une dextérité sidérante, qui la mettait à l'abri de boutonner lundi avec mardi, d'oublier de remonter une braguette, de s'emmêler les pieds dans une jambe de pantalon ou une paire de collants. De nouveau vêtue, adossée à la tête de lit, elle était passée à autre chose, qui semblait plus intéressante, plus mystérieuse, que faire l'amour. « Il y a quelqu'un derrière la porte. Tu n'entends rien ?

— Non, tu délires.

— Le type qu'on a croisé tout à l'heure, qui regardait dans toutes les serrures. Il est là, il nous observe, nous écoute. J'ai entendu sa respiration, ça m'a déconcentrée. » Elle rabattit vivement les draps qui lui enrobaient les hanches, et bondit du lit, avant de se diriger sur la pointe des pieds vers la porte.

« Tu m'énerves quand tu fais la petite fille.

— Toi, ça ne te dérange pas, évidemment. Toi, tu pourrais baiser en plein courant d'air, que ça te serait égal ! Il y a un bûcheron complètement ivre derrière la porte qui guette nos ébats, tu t'en fous peut-être, mais moi ça me coupe l'envie.

— Tu dis toujours ça, “ça me coupe l'envie” ! Mais qu'est-ce que tu connais de l'envie, du désir ?

— Chut. Baisse d'un ton, chuchota-t-elle, l'index sur la bouche. Il est toujours là. »

Elle se courba légèrement pour coller son oreille contre la porte. De temps en temps, elle relevait la tête et se raidissait contre le mur, comme un espion qui attend sa proie. Dos à la paroi, elle remuait les lèvres et hachait les syllabes d'un message muet qu'elle voulait transmettre à Julien, lui se tenait en face d'elle, il était assis en tailleur sur le lit. Ils ne le feraient pas. Pas cette nuit, c'était certain. Irène lui pourrissait sa nuit de noces, et pourtant il n'arrivait pas à lui en vouloir, il était de nouveau calme, dans la position du lotus. Il lui aurait fallu une force qu'il n'avait pas pour dire : on arrête là, c'est fini. Irène ne s'était pas gênée pour lui dire ou lui écrire, quatre fois en quatre ans, « c'est fini ».

À quatre heures du matin, au creux d'une nuit qui ressemblait à toutes les autres, celles qu'ils avaient passées ensemble à négocier un acte sexuel impossible, Julien pensait à ces couples qui annulent leur mariage non consommé. Lui ne pourrait pas le faire, quelle que soit l'issue de cette nuit, il aimait trop Irène, et il attendrait le temps qu'il faudrait.

Il essayait de lire sur les lèvres de sa femme, la seule partie de son corps rigide qui remuait. C'était ridicule, le type n'était peut-être même pas derrière la porte et, de toute façon, il était trop alcoolisé pour être d'humeur voyeuse ou grivoise. Irène était comme une enfant, inlassable au jeu, capricieuse, détestant la sensualité et têtue, elle était capable de se faire inséminer artificiellement rien que pour éviter le devoir conjugal. Julien était fou d'avoir relevé le pari, d'avoir cru au pacte, mais il préférait se faire avoir plutôt que de la quitter. Que deviendrait-il, si Irène restait cette petite fille en face de lui, qui jouait à l'espionne et tentait de disparaître dans la cloison, en rentrant son ventre et sa respiration ?

« Tu seras une vieille pucelle », lui prédit Julien en imaginant ses pieds nus sous les plis de son pyjama. Il fit mine de se recoucher et éteignit la lumière avec un sourire en coin.

« Rallume ! » Elle avait retrouvé sa voix. « S'il te plaît, j'ai horreur du noir. Julien ? Rallume ! » Elle cherchait maintenant l'interrupteur sur le mur, agitant les bras à hauteur d'yeux comme à colin-maillard. Julien ralluma la veilleuse, il riait. Lui aussi était passé à autre chose, jouer ou faire l'amour, il avait l'air de s'en moquer.

« Attends un peu, et tu verras, tu deviendras une vieille pucelle avant d'avoir tes premières rides. Là, tu as... quoi ? Vingt-trois ans ? Tu es encore une petite pucelle, mais ça viendra. Tu sais pourquoi les vieilles pucelles ont mauvaise haleine ? Parce qu'elles sont pourries de l'intérieur, leur virginité s'est putréfiée en laissant une odeur de fruit rance, qui est refoulée dans leur bouche. »

Irène lui laissa dire son refrain habituel, avant de lui lancer, comme à chaque fois : « Très drôle » ; le clap de fin d'un jeu qui ne l'amusait qu'à moitié.

« Julien, tu ne veux pas lui dire quelque chose ?

— À qui ?

— Au bûcheron, il n'a pas bougé depuis tout à l'heure. Dis-lui de s'en aller, je ne sais pas moi, dis-lui que c'est notre nuit de noces. »

C'était sérieux alors, cette histoire de bûcheron. Julien se leva du lit, alluma toutes les lumières et enfila un pantalon. Il se dirigea vers la porte et tendit l'oreille. Il y avait quelqu'un, en effet, qui s'était assis dans le couloir, comme un garde du corps, une protection rapprochée. Julien cogna timidement à la porte :

« Monsieur ? Monsieur, s'il vous plaît ?

— Il n'entendra rien, il est saoul. »

Julien tourna lentement la clé, le pêne fit un bruit de pénitencier. Il essaya d'entrebâiller la porte, mais le type, qui s'était endormi sur le paillasson, pesait plus lourd que la mort. Julien essaya de le déboulonner en poussant le battant avec son épaule. Le bûcheron bascula et s'étendit sur la moquette.

« Houhou, monsieur », lui dit Irène. Ses mains hésitèrent quelques secondes avant de donner des petites claques sèches sur les joues couperosées de l'homme. Il sentait fort, sa chemise portait les traces de son dernier repas ou vomi, c'était difficile à dire. « Monsieur ? recommença Irène. Vous ne pouvez pas rester là, vous devez regagner votre chambre. »

Julien lui prit les bras, cherchant à le traîner hors du paillasson. Irène s'affaira pour l'aider, elle cherchait une prise sur le corps lourd et flasque, et prit du bout des doigts un pan de son pantalon. Ils avaient l'air de se débarrasser d'un cadavre, dans ce couloir silencieux en plein milieu de la nuit. Il n'y avait personne à la réception qui aurait pu trouver une solution et, comme le bûcheron tombait toujours plus profond dans le sommeil — il s'était mis à ronfler —, ils le laissèrent là, sur la moquette.

« On n'a pas le choix, se justifia Julien. Il pèse une tonne et si ça se trouve il n'a même pas de chambre ici. Regarde, il n'a pas l'air malheureux, il doit être en train de rêver, peut-être même à nos ébats que son alcoolémie a interrompus. Qui sait s'il ne te voit pas toute nue sous ses grosses paupières ?

— T'es vraiment un dégueulasse », répliqua-t-elle en lui donnant un coup de poing dans le dos, un réflexe qui venait de l'adolescence, d'un âge où l'on déclare son amour à grand renfort de tapes et de gifles indolores. Elle redevint sérieuse, presque contrariée : « Il ne va pas avoir froid comme ça ? »

Irène alla chercher une couverture dans l'armoire pleine de cintres vides, et revint avec un plaid écossais qui sentait la poussière. Elle borda l'ivrogne avec bienveillance et un léger dégoût qui fit trembler les commissures de ses lèvres.

« On rentre ? Il ne t'indisposera plus s'il reste allongé bien sagement sur la moquette ? » Irène fit « non » de la tête et ils retournèrent dans leur chambre main dans la main.

La nuit était presque finie. Encore une heure et le soleil se lèverait sur leur première matinée de couple marié, sur leur lit de noces vierge et l'échec du pacte. Irène et Julien étaient de nouveau allongés sous les draps, lumière et désir éteints. Elle voulait sauver son mariage de sa mort annoncée, de la putréfaction dont Julien parlait souvent en affectant un air badin. « Fruit rance », « haleine de vieille pucelle »,

Irène savait qu'il pensait ses mots, que sa virginité le dégoûtait, qu'il la trouvait morbide. Elle craignait qu'il ne soit trop tard, et d'être déjà cette vieille pucelle flétrie, avant l'âge, à vingt-trois ans à peine. Parfois, il lui arrivait même de sentir une odeur de moisi provenant du fruit qui pourrissait en elle. Il fallait qu'elle s'en débarrasse, comme toutes les femmes mariées.

Julien s'était endormi très vite sans lui lâcher la main, en se disant qu'il patienterait encore, qu'il n'était pas à une nuit près. Elle le réveilla doucement en lui caressant ses cheveux ondulés et en répétant son prénom.

« Julien, Julien, Julien… réveille-toi. » Dans l'obscurité qui déclinait, se colorait de rose et de bleu au fur et à mesure que l'aube pointait, elle vit qu'il avait ouvert les yeux. « On le fera, Julien. Cette nuit même. Mais tu viendras quand je me serai endormie. » Il était à présent complètement réveillé.

« Je n'ai pas envie de le faire comme ça, sans toi.

— C'est la seule façon, Julien, je n'arriverai pas à m'abandonner sinon. Après, tu verras, je serai libre. »

Irène avait terminé sa phrase dans un bâillement, avant de s'endormir complètement. Il était sept heures du matin et des poussières, la nuit était finie, les lendemains de nuit blanche sont toujours tristes, pensait Julien. Le vent qui balayait la plaine morne colporta le chant d'un coq, l'aboiement d'un chien. La nuit se refermait doucement sur le pacte inaccompli. Julien était étourdi par la proposition d'Irène, elle lui demandait de la tromper, encore. Quelle différence y avait-il entre une maîtresse éveillée et sa femme endormie ? Julien posa la main sur le lacet de pyjama d'Irène, est-ce qu'il oserait aller plus loin ? Le matin qui avançait le pressait. Il tritura le nœud de la ceinture, puis le défit, fébrilement.

Il déshabilla Irène, elle n'avait jamais été aussi molle, abandonnée, sensuelle. Ses membres endormis semblaient si fragiles comparés aux fils de fer qu'elle aurait pu emmêler et comprimer dans une bouteille. Ils étaient nus. Julien se serra contre Irène, ses caresses étaient saccadées, sauvages, il se rendit compte que lui non plus ne connaissait rien au désir, puisqu'il le découvrait maintenant. Il mit sa main sur l'entrejambe humide d'Irène, et embrassa la cavité de son nombril. « Ne me laisse pas seul », murmurait-il en parcourant sa nudité de ses mains, de sa langue. Il lui mordit brusquement la bouche, pour qu'elle se réveille, mais elle était ravie par le sommeil, et le désir n'y pouvait rien.

Toujours tout droit

Il n'y avait pas un bruit, et le monde, qui semblait avoir basculé sous l'eau, retenait sa respiration. On aurait entendu une mouche voler, seulement les mouches ne volaient plus, le vent bousculait les feuilles sans les faire bruisser, les oiseaux de nuit avaient exceptionnellement baissé la garde et les graviers du jardin cessé de s'entrechoquer pour un rien. Il y a bien une heure bleue, alors pourquoi pas une heure muette, entre quatre et cinq heures du matin ? Après une nuit de festivités, la campagne s'était rétractée comme une anémone de mer sensible aux chatouilles d'une main d'enfant. On l'avait brutalement forcée à veiller, éclairée de spots rouge sang, noyée de musique et de larsens. Elle s'était donc tue et recroquevillée dans sa coquille capitonnée. Elle voulait qu'on l'oublie un peu, qu'on la laisse enfin dormir.

Suzanne et Balthus marchaient pieds nus sur la pelouse, ils laissaient derrière eux la fête avec ses cadavres de couverts et d'assiettes sales, de bouteilles à moitié vides et de chaises renversées. Le chignon de la jeune femme s'était effondré sur ses épaules, on pouvait en deviner l'architecture, une pièce montée de torsades et de tresses, sous lesquelles les épingles avaient fini par céder. Elle portait dans une main sa couronne de fleurs qui commençaient à faner, dans une autre ses souliers. Son maquillage avait coulé, comme sous l'effet de larmes, et dessiné des pattes d'oie baveuses au coin des yeux. La nuit était passée sur sa robe sans l'abîmer ni la ternir, et elle réfléchissait les derniers rayons de lune.

Plus débraillé, Balthus avait égaré ses chaussures dans le sous-bois et rangé ses chaussettes dans une poche de son costume. Il avait fait des revers à son pantalon, pour goûter la rosée fraîche sur ses chevilles. Suzanne et Balthus regagnaient la maison, une vieille maison de famille où il y avait plus de lits que de cloisons, plus de matelas que de sommiers, pour permettre aux générations de s'entasser.

La porte d'entrée était verrouillée. « On leur avait pourtant demandé de la laisser ouverte », dit Balthus en soulevant une pierre sur la dernière marche de l'escalier, qui cachait, parfois, un trousseau de clés pour dépanner les visiteurs nocturnes. Ils filèrent derrière la maison, ils pourraient peut-être entrer par la porte de la cuisine. Derrière la vitre close, ils virent le chien, le paresseux Tu pues, qui n'était bon qu'à ouvrir la gueule pour manger sa pâtée, et amuser les enfants qui écoutaient avec frénésie ses pets décomplexés. Cette créature inférieure avait le droit de dormir dans la maison et pas eux. Balthus agita la poignée et cogna le carreau du plat de la main, pour faire du bruit et, éventuellement, réveiller Tu pues, ça le rendait fou qu'on le réveille. Mais les bruits étaient si amortis que la poignée en métal n'émit qu'un faible clic, et la paume de la main sur la porte à peine un clac. Tu pues ne réagit pas. Dans cette maison, où l'on avait transformé les couloirs en dortoirs, le chien avait sa propre chambre — la cuisine —, et un matelas douillet, tout le monde dans la famille ne pouvait pas en dire autant.

La façade était couverte de vigne vierge, dont les lianes étaient épaisses comme de petits troncs d'arbres. Balthus les avait escaladés mille fois, ces vieux murs percés de cavités, où se nichaient les oiseaux et disparaissaient les lézards, et il l'aurait fait volontiers cette nuit-là, mais les fenêtres du premier étage dormaient derrière les volets fermés. La maison était imprenable. « À moins qu'on ne casse un carreau…, proposa Balthus en cherchant un caillou dans la pelouse. Tu vois, c'est comme ça dans cette famille. Le chien aura toujours sa place au chaud, mais toi, tu peux crever la bouche ouverte sans qu'ils bougent le petit doigt.

— Tu me plais quand tu exagères, on dirait un héros tragique ! Vas-y, bombe le torse pour voir ? Très impressionnant… » Il banda ses muscles une seconde pour la faire rire, puis se remit très sérieusement en quête d'un caillou dans un rayon de moins d'un mètre.

« Attends, on va quand même pas casser un carreau, le retint-elle en lui prenant le bras. Il fait bon, on pourrait dormir là, à côté des rosiers. » Elle caressa les pétales rouges et aspira une goutte de rosée qui s'était collée à son index.

« Ttttt, cette nuit, on dort dans la chambre aux perroquets, répondit-il en époussetant le silex qu'il venait de trouver par terre. Tu n'y échapperas pas, c'est la tradition.

— La tradition, tu parles ! Vois comme ta famille fait peu de cas de la tradition, elle nous en ferme l'accès. Pourquoi on ne s'allongerait pas ici ? Hmmm, c'est bon..., dit-elle en s'étendant voluptueusement sur l'herbe. Je n'ai jamais vu une pelouse pareille, moelleuse, on dirait un matelas, viens ! Je suis sûre que c'est plus confortable que le vieux lit défoncé de la chambre aux perroquets. »

Au bout de ses bras en croix, ses mains s'agitaient et décapitaient des trèfles dont Suzanne ignorait qu'ils étaient à quatre feuilles. En regardant le ciel qui pâlissait, elle se mit à réfléchir au nombre de fois où ils avaient fait l'amour, sachant qu'ils se connaissaient depuis quatre ans, qu'il y avait trois cent soixante-cinq jours par an, que... oh, ça devait faire des centaines et des centaines de fois. Elle n'allait pas se lancer dans un tel calcul, c'était bête et inutile, elle dénoua plutôt les dernières torsades de ses cheveux blonds, en semant les épingles dans la pelouse, au milieu des trèfles massacrés. « Je croyais que la virginité était requise pour la chambre aux perroquets ? » Elle pensait à haute voix, une voix grave et insolente, qui tranchait avec son visage diaphane, et que Balthus avait mis du temps à apprivoiser.

« Bah, les traditions s'adaptent. » Il lança le caillou qui atterrit par hasard dans la gueule baveuse et grande ouverte de Tu pues, qui le recracha sans s'éveiller. La vitre s'était brisée dans un bruit raffiné de magasin de vaisselle. Après avoir ouvert la porte, Balthus enleva Suzanne à son lit de pelouse et la conduisit à l'intérieur de la maison.

Dans la famille de Balthus, la chambre aux perroquets était celle dévolue aux nuits de noces. Le papier peint ressemblait à ces visions un peu oppressantes du jardin d'Éden sur les tapisseries médiévales. Dans un galimatias de couleurs et de plumes, on pouvait reconnaître, parmi des dizaines d'espèces, des toucans, des dodos, des flamants roses et des perroquets, perchés dans des palmiers, des cages dorées, volant au-dessus d'un champ de fleurs, ou plongés dans une conversation qu'ils n'auraient pu avoir dans leur vraie vie d'oiseaux : les dodos avaient disparu depuis longtemps, et les flamants roses et les toucans n'étaient pas faits pour s'entendre. Le papier se décollait dans les coins, il était jonché de taches de moisi, presque invisibles dans le foisonnement, et d'une multitude de moustiques écrasés dans des halos de sang séché.

Depuis une centaine d'années que les volatiles se trouvaient là, leurs yeux en forme de boutons de chemise en avaient vu des vertes et des pas mûres, des baisers timides, des scènes d'amour torrides, des joues en feu, des cheveux hirsutes sur l'oreiller, et puis des éjaculateurs précoces, des frigides de première catégorie, des positions interdites, quelques adultères, et peut-être même un viol. La chambre aux perroquets correspondait à un nœud sur le fil du destin, un événement qui faisait basculer la vie de ceux qui y pénétraient… ou en sortaient. Même quand il ne se passait rien, cette chambre transformait ce rien en fable, comme l'histoire d'une cousine de Balthus, qu'on avait retrouvée, le lendemain de ses noces, sur le canapé du salon, encore vierge et grelottant de froid dans un pyjama d'homme trop grand pour elle. Elle fut inconsolable quand on lui apprit que son mari était parti.

Une légende familiale disait qu'aux fenêtres de cette chambre, qui était la plus belle de la maison, on pouvait voir la mer, bien que les plages les plus proches fussent à cent cinquante kilomètres de là, le désert du Sahara, qui était encore plus loin, ou les premières pentes de l'Himalaya. La nuit de son mariage, le grand-père de Balthus avait aperçu un ours blanc derrière un marronnier. On aimait croire que la chambre aux perroquets provoquait des hallucinations, et le fait que le grand-père ait longtemps fumé l'opium n'y changeait rien.

Dans la chambre, le couvre-lit se soulevait et se rabaissait au rythme de respirations désynchronisées. Combien ils étaient là-dedans ? Balthus s'avança prudemment, enjamba un matelas. Ça puait l'alcool, la sueur, les sécrétions d'une fête qui s'est achevée quelques heures plus tôt. Suzanne était restée sur le pas de la porte, elle n'y tenait pas plus que ça à cette chambre aux perroquets. Des invités avaient pris leur place dans la chambre nuptiale ? Qu'ils y restent. Elle préférait la pelouse, une nuit de noces à la belle étoile, à l'ombre des rosiers.

Balthus alluma la lumière, qui tomba violemment, crûment, sur les visages des dormeurs. Il y en avait partout : trois par terre et deux sur le lit, deux hommes, qui, dégoûtés de partager leurs draps, dormaient sur le bord, un bras dedans, un bras dehors, caressant mollement le sol carrelé. Certains ne s'étaient même pas déshabillés, d'autres utilisaient leur costume du dimanche, froissé et taché, en guise de couverture.

« C'est qui ? demanda Suzanne.

— Je ne sais pas. Des cousins de ma mère, je crois. J'en reviens pas, ils nous ont sifflé notre lit ! Notre lit de noces ! Allez, viens m'aider, on va les foutre dehors.

— Ah non, pas question. Ça pue la mort là-dedans. Et puis, j'ai pas envie de dormir. Laisse-les, ils sont bien là, vautrés dans leur laideur. Je peux aller dans la salle de bains ? Je voudrais me rafraîchir le visage. »

Elle traversa la chambre, suivit le même chemin que Balthus, entre les matelas où reposaient des têtes ronflantes, aux joues bleuies par des barbes qui poussaient sans relâche, même dans le sommeil. Un ancien placard, qui faisait quasi la taille d'un salon, avait été transformé en salle d'eau. Suzanne se dirigea vers le lavabo et vit que quelqu'un avait vomi dans la baignoire. Elle fit demi-tour, dégoûtée, et empoigna Balthus. Penché au-dessus du lit, il essayait de percer l'identité des squatteurs — des cousins de sa mère ou des amis de son oncle ? « Prends tes chaussures, on s'en va », le somma-t-elle.

Suzanne n'avait pas quitté sa robe de mariée, elle attendait Balthus dans le hall. Il revint chaussé de sandales. « Tu n'as rien d'autre ? Ça sera peut-être long », dit-elle en soulevant son jupon de mousseline pour montrer ses pieds qui avaient l'air fermement décidés à marcher dans leurs tennis blanches.

Ils quittèrent la maison endormie, repassèrent devant la table du mariage sur laquelle des corbeaux picoraient des restes. Balthus grimaça et prit la main de Suzanne pour la mettre, avec la sienne, dans sa poche de costume. Il n'était pas superstitieux, mais de voir ces gros becs noirs marteler les assiettes, casser des verres, lui fit peur pour la suite. Qu'avaient-ils fait pour que tout soit si laid ? Pour que des gens aient vomi dans leur chambre de noces ? Pour que des charognards prennent leur suite ? Sa voix tremblait, et il semblait chercher quelque chose afin de se calmer, soulager sa nervosité. Il prit une grosse pierre et la lança de toutes ses forces contre la façade de la maison. La vieille bâtisse était plus forte que lui et, pour asseoir sa supériorité, elle capta le premier rayon de soleil, qui fit rosir sa façade. Il lui sembla qu'elle avait souri, d'un sourire narquois qui disait « sans rancune, mais déguerpissez maintenant ».

Ils iraient dans un endroit plus beau, lui répétait Suzanne, un endroit à la hauteur de leur amour.

Le sous-bois se couvrait d'un voile mordoré, Suzanne et Balthus marchaient, leurs mains unies dans la poche de pantalon du marié. Elles se détachaient parfois, pour laisser leur propriétaire passer sous une branche, éviter une ronce, ou contourner une flaque. La boue glissait miraculeusement sous leurs semelles sans tacher leurs vêtements. Ils traversaient la forêt, tout droit, tout droit c'est forcément quelque part, se disaient-ils. Ils virent des renards sortir de leurs terriers, un lièvre bondir hors d'un fossé. Une tribu de scarabées les accompagna quelques secondes, du pas le plus rapide qu'ils pouvaient, avant de s'achopper à un amas d'écorces, une montagne bien trop haute pour leurs petites pattes. Une couleuvre zigzagua entre leurs chevilles, les caressa avec langueur, comme un chat. C'était froid et humide.

« Tu as senti ? demanda Suzanne. C'était quoi ?

— Un serpent. Je l'ai vu disparaître sous les feuilles. »

Au bout d'une heure de marche, Balthus et Suzanne arrivèrent à un village. Ils étaient affamés et voulurent prendre un petit déjeuner. Les rues étaient silencieuses, les boutiques encore closes, seul un hôtel, qui ne devait comporter que deux ou trois chambres, était ouvert. Quand ils entrèrent, l'hôtelière les regarda comme s'ils venaient d'un carnaval. Elle était charmée de cette apparition, un couple de mariés, elle dans une jolie robe immaculée, lui en costume anthracite, il avait beau porter des sandales, quelle allure ! On aurait dit qu'ils s'étaient échappés du sommet de leur pièce montée. Où allaient-ils comme ça ?

Elle leur apporta des tasses de café au lait et de longues tartines qu'ils trempèrent dedans. Il ne restait plus rien du chignon de Suzanne, sinon sa belle matière dorée qu'elle avait enroulée dans le creux de sa nuque pour manger son petit déjeuner sans que des mèches importunes viennent la gêner. Balthus avait enlevé sa veste et retroussé ses manches.

Leur mystère se réfléchissait sur le visage de l'hôtelière, elle les étudiait comme des bêtes curieuses, aurait aimé leur lancer quelque chose comme « Alors, les amoureux ? » ou « *Just married*, c'est ça ? », et la conversation aurait suivi, naturellement, mais elle n'avait pas osé, et maintenant c'était trop tard pour parler, ils avaient tous les deux le nez dans leur bol. Alors elle s'affaira derrière son comptoir, essuya des verres, rangea des assiettes. Pendant plusieurs minutes, la porte du frigo ne cessa de s'ouvrir et de se refermer, on entendit un fouet battre une mousse ou des œufs en omelette, puis la pièce s'emplit d'une odeur sucrée de brioche. La dame s'agitait pour compenser le silence qui nimbait les mariés. Elle était du genre concierge, et quand un ragot passait dans son village, elle ne le lâchait plus jusqu'à ce qu'il en vienne un nouveau. Mais là c'était différent. Elle savait qu'elle ne saurait rien sur Suzanne et Balthus, qu'ils ne lui parleraient pas et qu'il était même inutile d'essayer de leur poser des questions. Ils étaient dans une bulle. Elle se concentra donc sur ses activités, son ménage, son bricolage, elle sortit une boîte à outils d'un placard et un petit cadre en verre, qu'elle commença à accrocher au mur. Elle ne supportait pas de rester les bras croisés, elle les trouvait d'ailleurs bien mollassons pour leur âge, ces deux jeunes gens qui s'étaient presque endormis sur la table.

Les coups de marteau tirèrent Suzanne de sa rêverie. Elle plissa les yeux pour voir plus nettement le petit cadre que l'hôtelière avait fixé sur le mur d'en face.

« Psst, regarde. » Elle secoua Balthus pour le réveiller. « Là, au-dessus du bar, c'est pas ta mère ? » Ils se levèrent de table pour aller voir de plus près.

« Si, c'est elle. »

La dame essuya la vitre du cadre, fière que son insignifiant bout de verre et de bois ait réussi à établir un contact entre elle et les mariés. Elle avait enfin un prétexte pour leur parler.

« Ça alors, c'est votre mère? demanda-t-elle prudemment en dessinant un "s", avec son index sur la vitre.

— Oui.

— Elle est belle.

— Oh, c'était il y a longtemps. Dans les années 50. »

Tous les trois regardaient le cadre, une reproduction vieillotte d'un tableau de Balthus, *La chambre*, où l'on voyait une jeune femme, nue, offerte aux voyeurs. Elle était plongée dans un rêve érotique, qui gainait fermement son corps dans une pose de faux abandon. Balthus n'aimait pas voir ce tableau, cette vision sexuelle de sa mère. Il le détestait d'autant plus qu'il portait le nom de son créateur. B-a-l-t-h-u-s. Même pas Balthasar, Balthus. Toute sa vie, ce prénom le renverrait à cette image honteuse, sa mère, nue sur un fauteuil, les jambes écartées. Sa mère si fière d'être entrée dans l'éternité de l'art, et qui avait baptisé son enfant Balthus, comme on dépose un ex-voto au pied d'un autel.

« Vous l'avez connu… lui? demanda l'hôtelière.

— Non.

— Ah, c'est dommage. Un si grand génie, si proche… » Elle vaporisa son produit pour les vitres qui éclaboussa l'entrecuisse de la belle endormie, et essuya le verre de son chiffon, avec de petits gestes circulaires. Elle était pensive, et un peu jalouse de cette héroïne de Balthus qui avait vraiment existé, était la mère du marié élégant et dégingandé qui lui faisait face. Il avait l'air de trouver ça normal, lui, que sa mère ait servi de modèle à Balthus. C'était pas rien quand même! Elle lui aurait presque demandé un autographe, à ce garçon qui portait dans ses gènes un lien magique avec un génie. Elle avait ressenti ça, une fois, en accueillant dans son hôtel une cousine éloignée de Gene Kelly, Glenn Kelly, s'appelait-elle, une petite rousse boulotte qui parlait très bien français.

Balthus jeta un regard réprobateur à *La chambre*. Il n'était même pas sûr qu'on remarque leur absence, dans la maison, là-bas. Dans cette famille, on pouvait crever la bouche ouverte…

« On va y aller, Balthus. Ce n'est pas ici… ce n'est pas l'endroit qu'on cherche, dit Suzanne en relaçant ses tennis.

— Vous vous appelez Balthus ? Vous êtes *son* fils, alors ? » demanda la dame en cherchant dans un tiroir son carnet où Glenn Kelly avait signé un autographe.

Il n'avait pas la patience d'expliquer pourquoi il portait ce prénom, si ridicule, si vide de sens, alors qu'il promettait tant. Il avait oublié que c'était précisément ce prénom qui avait précipité Suzanne à sa rencontre lors d'une fête : « Balthus ? Moi c'est Cézanne, enchantée » lui avait-elle dit pour le piéger, l'avoir à elle seule toute la soirée. Elle voulait lui faire croire à une coïncidence du destin, qu'il comprenne qu'un homme et une femme qui portent des noms de peintres sont faits pour s'aimer. Et ça avait marché. Au début, il avait été très reconnaissant envers Suzanne et cette tricherie originelle, nichée dans une syllabe, deux lettres frivoles qui séparaient Suzanne de Cézanne, Suzanne de Balthus. Et puis, il avait fini par oublier Cézanne en Suzanne pour n'aimer que la seconde.

« Mon prénom ne signifie rien, ce n'est qu'un mensonge, répondit faiblement Balthus à l'hôtelière, avant de reprendre, d'une voix claire : Merci pour vos tartines, madame, c'était délicieux. »

L'hôtelière leur souhaita bonne route, elle voulait leur dire quelque chose de gentil et de joyeux, elle hésita entre

« *Just married*, hein ? » et un « Ah ! les amoureux ! », mais opta finalement pour le silence, parce qu'au fond qu'est-ce que ça signifiait de lancer « *Just married* » à des mariés ? Rien, rien du tout, se disait-elle en admirant, le nez à deux millimètres du cadre en verre, la nudité de sa rêveuse endormie.

Suzanne et Balthus se dirigeaient vers la porte, quand ils furent bousculés par un homme qui sortait à toute allure. Il se retourna pour s'excuser, et devint blême en voyant les mariés. Il recoiffa une mèche qui n'en avait nul besoin, et balbutia deux mots d'une phrase avortée, qui aurait pu donner : « J'ai ma vie privée, enfin ! », mais qu'un éclair de dignité l'empêcha de prononcer. En plus de l'embarras de la situation — il ne pensait pas tomber sur Balthus et Suzanne ici et maintenant —, il semblait gêné par quelque chose, comme un caillou dans sa chaussure ou le doute d'avoir laissé le gaz allumé chez lui, et le fait de ne pas pouvoir vérifier la cause de son angoisse l'angoissait davantage. Ses yeux inquiets n'osaient pas franchir les quelques centimètres qui les séparaient de ce qu'ils étaient malades de ne pas savoir : sa braguette était-elle ouverte ? Pour abréger son calvaire, il enjoignit le silence aux mariés, en faisant le geste de « motus et bouche cousue », avant de dévaler la rue. Quelques secondes plus tard, une jeune femme qui le suivait fila dans la direction opposée après avoir désamorcé du regard tous les angles morts qui l'entouraient.

« C'était le curé ? » demanda Suzanne, d'abord choquée, puis intriguée. Elle esquissait un sourire qui se transforma progressivement en un rire nerveux, désespéré.

« *Notre* curé. Celui qui nous a donné le sacrement du mariage.

— Tu crois qu'il a passé la nuit… avec cette fiiiiiille ? »

Les yeux de Suzanne n'étaient plus que des fentes bleu marine prises entre ses pommettes rougies et son front. Entre deux salves de rire, elle tentait de reprendre son souffle, mais à peine elle se calmait que le rire repartait, incontrôlable, et la secouait de tics. Balthus se rendit compte que le beau visage de Suzanne n'était pas à l'abri de la laideur, qu'elle pouvait surgir comme un attentat, et tout détruire.

« Je rêve, il se tape des minettes dans des hôtels de village. Arrête de rire, Suzanne, c'est grave. C'est très grave ! Arrête, Suzanne, je t'en prie. Reprends-toi… À ton avis ça change quelque chose, je veux dire, pour nous deux ? Est-ce que tu penses qu'un mariage est valable s'il est prononcé par un curé défroqué ? »

Suzanne était pliée en deux, elle expirait fort, les mains posées au-dessus des rotules, comme après un footing.

« Suzanne, je t'assure, c'est pas le moment. » Balthus ne tenait pas en place, il marchait en étoile, un pas dans chaque point cardinal, quand il avait fait les quatre, il recommençait. Il repensait à la cérémonie de mariage, au curé, qui avait posé sévèrement ses mains sur leurs épaules.

« Ce que Dieu unit, l'homme ne le sépare pas. » Quel enfoiré! Suzanne s'était assise sur le trottoir, Balthus lui donnait le tournis. En s'évanouissant, le rire l'avait vidée. Ses yeux qui avaient recouvré leur amande ne fixaient rien, ne disaient rien, ils étaient absents. Balthus prit place à côté d'elle et serra ses épaules toutes molles, sans vie, contre les siennes. Au fond, le curé lui faisait pitié. C'était lui qu'il fallait plaindre, lui et sa pathétique injonction au secret.

« Tu sais, un sacrement est un sacrement, l'Éternel se moque de l'état de la plomberie. Allez, viens, on a encore de la route », dit Suzanne qui était enfin revenue à elle. Elle se leva et tapota le nuage de sa robe.

Comment s'étaient-ils retrouvés sur l'autoroute? En allant toujours tout droit. À la sortie du village, ils avaient longé un canal où l'eau était dissimulée par un tapis de minuscules nénuphars. Suzanne s'amusa à y jeter des cailloux qui déchiraient la moquette naturelle et laissaient entrevoir l'eau, stagnante, boueuse, à travers une cicatrice qui se refermait ensuite progressivement. Ils avaient croisé un champ de maïs, un immense terrain de cache-cache pour mulots. Ils les entendaient courir, gratter, disparaître sous terre, mais n'en virent aucun. En marchant, Suzanne traînait sur sa robe une famille de sauterelles grises, des flemmardes qui l'avaient prise pour un taxi, Balthus les chassait de sa main, mais elles revenaient à chaque fois, et s'agrippaient plus fermement à cette mer de mousseline blanche, que la route n'avait toujours pas entachée.

Au nord, le champ était bordé d'un grillage, une frontière coiffée de barbelés qui les empêchait de poursuivre tout droit. Ils effectuèrent un virage à quatre-vingt-dix degrés, il était hors de question de forcer la grille, et de risquer de s'écorcher. Quelques mètres plus loin, ils virent qu'une bonne âme avait découpé un trou dans le grillage, et ils s'y engouffrèrent. C'est là qu'ils entendirent l'autoroute, les voitures lancées à 130 km/h sur un ruban de goudron. Plus ils avançaient, plus le brouhaha routier s'intensifiait, au point qu'ils craignaient d'y être déjà, à leur insu, comme des hérissons aventureux qui s'aperçoivent trop tard de leur folie. En fait, ils se trouvaient dans une forêt miniature où les arbres avaient été plantés en même temps que les poubelles et les tables de pique-nique en rondins de bois : une aire d'autoroute.

Balthus voulait faire demi-tour, retraverser le champ dans l'autre sens, ils retomberaient ensuite sur un sentier, qui les conduirait dans un village. De là, ils atteindraient ce but invisible qui ne tarderait pas à se révéler, un endroit où s'aimer. Pour Suzanne, c'était une aubaine, cette autoroute. Elle commençait à être fatiguée, et n'était pas prête à reprendre la route à pied. Ils pouvaient demander à un conducteur de les prendre en stop, de les avancer sur une centaine de kilomètres. Qu'est-ce qu'il en pensait ? Elle ne prit pas le temps d'attendre la réponse, et alla à la rencontre d'un homme d'une cinquantaine d'années, qui fumait une cigarette sur la pelouse et portait son embonpoint comme une marque de bonté.

Balthus la laissa faire, c'était son rôle de les guider, il se fiait à ses impulsions, car lui n'en avait aucune. Pour chaque décision, il faisait une liste des avantages et des inconvénients, pesait le pour et le contre, et il parvenait toujours à un résultat équitable. Suzanne se moquait de lui, « Tu réfléchis trop, Balthus, laisse tomber tes pour et tes contre, tu ne vas pas y passer la nuit ! ». À gauche ou à droite ? Lundi ou mardi ? Soupe ou gratin ? Ascenseur ou escalier ? Pour les menus arbitrages du quotidien, Balthus s'en remettait à Suzanne. Mais là, planté dans cette aire d'autoroute, il fut soudain pris d'un doute. Dans quelle catégorie ranger la décision qu'elle était en train de prendre sous ses yeux avec le type qui fumait sa cigarette sur la pelouse ? Était-ce seulement une décision ordinaire ? Certaines décisions existentielles ressemblent à s'y méprendre à des décisions ordinaires, il s'était déjà fait avoir plusieurs fois. Il rejoignit Suzanne, pour lui montrer qu'il avait son mot à dire, mais à son expression triomphante, il comprit que le problème avait été résolu sans son concours :

« C'est bon, monsieur nous prend avec lui dans son camion.

— Son camion ?

— Oui, le gros camion rouge qui est garé là-bas. » Elle lui désigna un mastodonte qui transportait des canapés en cuir.

Balthus prit Suzanne à part, le type finissait sa cigarette, entre deux bouffées il se raclait la gorge.

« Tu fais trop confiance aux gens, Suzanne. Il est pas net ce conducteur, je le sens pas.

— Tu dis ça parce que c'est un routier. Avoue ! Mais il a l'air tout à fait normal, ce gars, il est marié — tu n'as pas vu son alliance ? —, il a sans doute des enfants, c'est un bon père de famille qui travaille pour Cuircenter, je ne vois pas où est le mal. Allez, c'est juste pour une heure ou deux, jusqu'au prochain péage. »

Balthus s'était imaginé l'habitacle tapissé de revues pornos, et il fut soulagé en voyant que la décoration était plutôt sobre, une peluche miniature — un chat ou un lapin — se balançait au-dessus du volant. Dans la portière, il remarqua un exemplaire boursouflé et corné de *Lolita*, qu'on avait dû lire des quinzaines de fois. « Tu vois, semblait dire Suzanne d'un regard victorieux, tu croyais que c'était un dégénéré amateur de porno. Mais tu l'as lu, toi, *Lolita* ? »

À chaque secousse du camion, un petit médaillon en plastique, qui était pendu au rétroviseur, bousculait la peluche rose. Suzanne vit qu'il renfermait une photo.

« C'est votre fille, là ? demanda-t-elle. Elle a quel âge ?

— Où ça ?

— Là, sous le rétroviseur.

— Ah non, c'est ma femme, ça. Elle est mignonne hein ?

— Très ! » répondit Suzanne gênée. Balthus souriait dans sa barbe, ça le ravissait de la voir embarrassée, c'était si rare.

Quel âge pouvait-elle avoir, cette fille ? Seize ans, dix-huit ans maximum. Sur la photo, elle portait un T-shirt Hello Kitty et affichait son appareil dentaire avec une fierté juvénile.

« On s'est mariés l'année dernière. Si vous aviez vu la tête des parents! Des copains à moi, ça leur a fait tout drôle quand elle leur a dit qu'elle était amoureuse de moi. Pour eux, c'était du détournement de mineure, parce qu'elle avait dix-sept ans, mais je l'ai pas forcée, la gamine. Ils sont pas venus au mariage du coup, c'est dommage, elle avait une robe un peu comme la vôtre, mais en plus joli et plus sophistiqué, avec des dentelles et des perles incrustées.

— Ah oui, ça devait être ravissant », dit Suzanne en se forçant à être naturelle. Dans une accélération, le sourire bagué de la jeune fille surgit de derrière la peluche. Ce n'est pas possible se disait-elle. Ce presque sexagénaire, cette bedaine qui explosait dans sa chemise… avec cette fille?

D'un signe discret, un imperceptible coup de coude dans les côtes, elle attira l'attention de Balthus sur le portrait. On ne peut pas rester là, il faut qu'on sorte d'ici, le suppliait-elle du regard.

« Elle est sur le point d'accoucher, reprit le routier. J'espère que je serai rentré à temps à la maison. Ça sera une petite fille. »

Une petite fille comme sa maman, pensa Suzanne. Balthus regardait la route, il vit un panneau marron qui indiquait la proximité d'un château qui semblait surgi d'un conte de Perrault.

« Ça vous dérange si vous nous laissez là? »

Jusqu'à la sortie de l'autoroute, ils croisèrent une dizaine de hérissons écrasés. Pauvres petits bonshommes, pensait Balthus, il se sentait une parenté avec ces animaux sacrifiés par un instinct trompé. Comme eux, ils avaient été aimantés par l'autoroute alors qu'ils n'avaient rien à y faire. C'est ce qui arrive quand on s'obstine à suivre un chemin invisible, toujours tout droit. Ils auraient dû faire demi-tour, se répétait-il, c'est sur la capacité à faire demi-tour, à douter, à remettre en question sa propre direction, que repose la sélection naturelle, et Balthus n'était plus tellement certain d'être en bout de chaîne, bien placé parmi les dominants.

« Pourquoi on n'a pas fait demi-tour tout à l'heure, après le champ de maïs ? Pourquoi on se retrouve-là, comme ces cons de hérissons ? » cria Balthus, il était vexé.

Un camion essaya d'en doubler un autre, bien plus gros que lui.

« Quoi ?! J'entends rien ! hurla Suzanne, avant de demander, inquiète : C'est vrai ce qu'on dit sur l'espérance de vie d'un piéton sur une autoroute ? Qu'elle n'atteint pas une heure ? Parce qu'on y est depuis trente-cinq minutes... »

En sortant du camion, ils s'étaient perdus sur un échangeur, avaient levé le pouce, sans résultat. Quand ils virent le panneau qui annonçait le péage, ils comprirent que l'endroit qu'ils cherchaient se trouvait juste derrière. Était-ce une intuition ou la fatigue, ils savaient que la route était finie. Au péage, ils montèrent dans un car. Le conducteur leur fit grâce d'un ticket. Ils devaient faire pitié, avec leurs mines de veilleurs de nuit. Quelques minutes plus tard, ils arrivèrent dans un village traversé par un fleuve paresseux, où seules les barques de plaisance étaient autorisées à naviguer. « C'est ici », reconnurent Balthus et Susanne, ils demandèrent à descendre et le chauffeur s'arrêta devant l'hôtel de ville dont la façade était tendue de glycines.

Ils se précipitèrent sur les rives du fleuve, comme des mariés pressés et euphoriques qui vont prendre l'avion. Eux y étaient déjà, en voyage. C'étaient les bancs de sable qui flottaient sur le courant — on aurait dit des dos d'hippopotames à moitié immergés —, c'était un champ de coquelicots, cette hémorragie bénigne qui colore la campagne au début de l'été. Suzanne délaça ses chaussures et mit les pieds dans l'eau claire, elle fit déguerpir des poissons transparents pas plus grands qu'un ongle. Des peupliers en rang d'oignons balançaient en cadence leur longue tête feuillue et argentée, des hirondelles leur tournaient autour. Il n'y avait pas un bruit humain, même pas la voix de Suzanne et de Balthus, ils s'étaient endormis sans s'en rendre compte, sans se souhaiter bonne nuit. Les cheveux de la jeune femme étaient étalés sur l'herbe, deux coccinelles qui ne voyaient pas la différence poursuivaient leur chemin à travers les fils blonds. Balthus s'était couché la tête sous un pan de mousseline de la robe de mariée. C'était l'après-midi, le soleil brillait très fort pour une nuit d'amour.

Plus bleu que le bleu de tes yeux

J'ai longtemps vécu au-dessus, très au-dessus, de ma ceinture. Ne prends pas ce sourire incrédule, c'est parfaitement vrai. Ça ne m'intéressait pas, le sexe, les aventures. J'écrivais des livres, non pas que cette activité puisse satisfaire sexuellement, mais disons que le sexe était devenu un luxe dont je pouvais me passer. Je vivais comme un moine, j'avais presque oublié qu'il existait des femmes, qu'il existait l'amour, et que tout ça était plutôt naturel. Mes rapports avec les femmes n'ont jamais été naturels. Quand j'étais jeune, mon incapacité à séduire me rendait repoussant. On appréciait chez moi d'autres valeurs, l'amitié, la loyauté, et quand par miracle une fille me plaisait, elle prenait pour une perversion le moindre signe amoureux de ma part. Elle trouvait déviant qu'un type comme moi puisse avoir quelque chose entre les jambes, et pis, vouloir s'en servir. Je devais lui faire l'impression d'un curé en porte-jarretelles, d'un exhibitionniste, quelqu'un d'immonde, à la sexualité désaxée. Je ne sais pas où elle allait chercher ça… À force d'échecs, je me suis mis à écrire des livres pour séduire et, bizarrement, ce métier qui était censé m'apporter sur un plateau la gloire sexuelle, m'a complètement coupé l'envie ne serait-ce que d'avoir une vie sexuelle. Pendant les deux ans d'écriture de mon premier roman, pas une seule petite culotte n'a passé dans ma vie. Rien. Pour moi, toutes les femmes étaient en col roulé, et jamais il ne me serait venu à l'idée de les déshabiller, même en pensée. Elles étaient là, moi j'étais ailleurs, dans un roman sur les guerres puniques qui n'en finissait pas.

J'écrivais une sorte de saga militaro-familiale, dans la Grèce du IIIe siècle avant J.-C., un livre de guerre, obscur, lyrique, un péplum, l'érotisme en moins, auquel je croyais beaucoup mais dont je m'étonne aujourd'hui qu'il ait trouvé un éditeur. Quand le livre est sorti en librairie, les femmes ne se sont pas précipitées, ni pour l'acheter, ni pour connaître son mystérieux auteur qui avait traversé des mois d'abstinence afin de l'écrire. Grâce à lui, j'ai quand même rencontré ma première femme. C'était dans un cocktail, elle était prof d'histoire à la fac, et avait trouvé le livre comique, non pas comique au premier degré, mais comique par son absence de comique.

« Vous pensez que c'est chiant, quoi…

— Non, pas exactement, je me suis plutôt amusée. Vous êtes communiste ? » m'avait-elle ensuite demandé, un peu comme toi quand tu te piques de deviner le signe astrologique d'un parfait inconnu… Mais non je ne dis pas ça pour t'être désagréable ! Qu'est-ce que tu vas chercher ?… tu as un petit don pour l'astrologie, on ne peut pas le nier, seulement tu vois des Béliers partout, à la longue c'est agaçant. Où j'en étais ? Ah oui, elle m'a demandé si j'étais communiste, elle était si convaincue de la pertinence de son diagnostic que j'ai éclaté de rire. C'est ce qui m'a sauvé, ça et ma précision historique sur les guerres puniques. Je l'ai invitée à dîner. On était en 1969, alors que tout le monde s'envoyait en l'air, moi j'étais comme un con sans savoir ce que ça faisait que de coucher avec une fille qui prenait la pilule.

Grâce à mon premier roman, grâce à Sylvia, je suis descendu d'un cran vers la ceinture. Tout doucement. Puis j'ai dérivé, j'ai été emporté au-dessous. Je ne saurais dire exactement quand *ça* a commencé, quand je me suis mis à penser avec ma bite. Il y a eu d'abord le succès littéraire, soudain, inattendu, puis la tentation de l'infidélité, et l'angoisse de vieillir, qui m'a trop vite rendu vieux.

Un ami m'avait prévenu : « Étudie bien ton raisonnement et ce qui guide tes actes, si c'est l'envie de tirer un coup, c'est que ça commence, mon vieux, tu vieillis. »

Selon ces critères, mon déclin remonte à mes cinquante ans, il y a dix ans. J'étais enfin un écrivain reconnu, et l'admiration que je suscitais s'était déportée sur mon visage sans menton, mes lèvres gercées qui trouaient une barbe grise, coupée court. Souvent la laideur s'efface avec les années, l'âge la fait disparaître comme les grains de sable d'une ardoise magique. Moi qui disposais de traits communs, qui avaient mal choisi leur camp entre l'harmonie et la disgrâce, mes cinquante ans me sont passés dessus sans opérer aucune magie, j'ai gardé ce visage sans qualité qui révulsait mes camarades de classe, des rides et des cheveux blancs en plus. Avec une telle physionomie, je pensais être à l'abri de l'adultère, et je te jure que je serais resté fidèle, si un essaim de femmes n'était pas entré dans ma vie, par la fenêtre, par accident.

Il a suffi d'un livre, *L'œil de Puvis de Chavannes*, une comédie érotique qui se déroulait en partie dans le grand amphithéâtre de la Sorbonne, et j'ai été couvert de femmes. J'ai résisté. Un peu. Et puis Sylvia m'a quitté. Elle a eu raison, si tu veux, mais si tu avais été un homme, un homme plutôt moche et sans attrait, qu'est-ce que tu aurais fait ? Tu serais tombée dans le piège, comme tout le monde ! Je ne sais pas si tu imagines, elles m'envoyaient leurs culottes par la poste, elles me suivaient jusque dans ma cage d'escalier, il y en a même une qui a fait bouillir les pages de mon *Puvis de Chavannes* et les a mélangées à une purée pour les donner à manger à son mari…

J'étais séduisant nom de Dieu ! et j'avais envie d'en profiter, moi, le type insignifiant marié depuis vingt ans à la même femme, moi, le pauvre imbécile qui n'avait pas eu sa part de gâteau dans la révolution sexuelle. La séduction m'a fait sortir de moi-même, pour pouvoir me fondre dans ce kaléidoscope de corps, de chevelures, de parfums. Je me suis rasé la barbe, teint les cheveux. J'ai découvert le shampooing antipelliculaire, la crème de jour, changé mes chemises. Si Sylvia ne me reconnaissait pas, il y avait plusieurs dizaines de femmes qui guettaient le moment où je les reconnaîtrais.

« Tu vieillis », me disait mon ami en voyant mes nouveaux cheveux bruns qui dansaient sur mon front, ou « fais attention, tu vas te réveiller à quatre-vingts ans, avec un cancer de la prostate et un dentier dans ton verre à dents, et tu n'auras rien vu venir ». Il avait constaté avec effroi que je n'écrivais plus. Je baisais, c'était bien assez.

J'y pensais tout le temps, je m'en gavais. Il m'est arrivé de jeûner, de me priver d'un repas, pour rejoindre une femme qui n'était libre qu'entre midi et deux. J'en venais à me dire que ma vie d'avant n'avait été qu'un simulacre, et Sylvia, une passade conjugale dans une carrière de don Juan commencée sur le tard, parce qu'une erreur de la nature m'avait doté d'une enveloppe charnelle de sorbonnard. J'étais loin d'imaginer que le sorbonnard était toujours là, fidèle à son enveloppe. On m'a traité de vieux satyre, de « queutard », le mot est affreux mais je dois dire que je m'y reconnais un peu. En fait, je crois que si tu donnes à un homme tout ce qu'il y a de respectable la possibilité de faire l'amour trois fois par jour avec des femmes de passage, disponibles, il le fera sans se gêner.

Plus tard, j'ai compris que je n'avais jamais été un don Juan. Un livre m'avait donné un pouvoir que je ne méritais pas, c'est tout. Puvis de Chavannes m'a fait gagner à la loterie, eh bien j'ai tout flambé! J'ai cramé mon mariage, mon compte en banque, j'ai mis ma carrière entre parenthèses pour me réduire à ce dont rêvent tous les hommes, un sexe en érection. Ça m'a épuisé. Tu es bien placée pour le savoir, hein Clotilde ? Clotilde ? Tu dors déjà ? Quelle heure est-il ? Quatre heures du matin. Si tard ? Ça me sidère cette capacité à s'endormir au milieu d'une phrase, sans dire un mot. Tu t'en vas toujours comme une voleuse, en prenant toute la couette en plus, j'aimerais bien que tu préviennes. « Bonne nuit », c'est pas difficile. Ou « au revoir »... Tu aurais dû me dire au revoir avant de fermer les yeux.

Je me suis remarié, il y a à peine quelques heures. Mon ami — je crois que je vais arrêter de le voir, j'ai fini par prendre de travers ses théories à la con — dit que c'est typique des « vieux queutards ». Il dit ça parce que j'ai soixante et un ans et Clotilde vingt-huit. Il croit que je l'ai épousée parce que les jeunettes sont plus bandantes que mes contemporaines. Sur le principe, il n'a pas tort.

Pour lui, comme pour beaucoup d'autres, j'aurais pu être le père de Clotilde, son médecin traitant, son psychanalyste, son supérieur hiérarchique, mais son mari... J'ai bien vu le regard de Madame le Maire, quand on est entrés tout à l'heure dans la salle des mariages. Moi dans un costume blanc de vieux beau, avec une lavallière rose pâle — c'est drôle, je ressemble désormais au cliché que se fabriquent les gens quand je passe dans leur champ de vision —, elle dans une robe pailletée en tulle, sexy et excentrique. Elle s'était agrafé un bouquet de roses miniatures entre les seins, qu'elle mettait en avant en sortant les épaules, comme une proue de navire.

On a attendu presque une heure le début de la cérémonie. Clotilde tripotait son petit bouquet, le ballottait entre ses ongles peints en bleu, j'arrangeais ma lavallière. La salle était pleine de brouhaha et de larmes aussi, ai-je cru entendre, les parents de Clotilde, sans doute.

Eh oui, Clotilde est belle ! Elle a un joli nez busqué qui se fronce d'une manière absolument adorable quand elle éternue. Elle est longue, fluette. Elle a des cheveux impossibles qui forment une crinière cuivrée au-dessus de sa tête. Ses yeux sont d'un bleu marine phosphorescent, on croirait qu'ils s'éclairent la nuit, comme des spots au fond d'un lac trouble. Ses bras sont couverts de grains de beauté qui dessinent des constellations, des Grandes Ourses, des couronnes boréales. Et moi ? Moi je suis un vieux, qui se pare de rose et de blanc pour dissimuler son âge. Une lavallière en taffetas comme cache-misère. Voilà ce qu'ils pensent.

Avant de commencer le mariage, Madame le Maire n'a pas arrêté de tournicoter dans tous les sens. Elle n'avait pas le bon dossier, le bon stylo, une fenêtre était ouverte, la porte fermée, il fallait faire un courant d'air pour la chaleur, oui mais comment faire un courant d'air sans que les bruits du dehors, les voitures, la circulation, ne viennent gêner le déroulement de la cérémonie ? Elle était là, inquiète, fébrile, debout derrière son bureau feignant de résoudre une fausse énigme. Tout ce cinéma, pourquoi ? Pour me faire comprendre que ce mariage était une torture pour elle. « Il faudra me passer sur le corps si vous voulez épouser cette jeune femme ! » se rebellait-elle à coups de petits gestes saccadés. Son écharpe bleu blanc rouge se gondolait sur sa poitrine flétrie et sa taille, dont la ligne originelle était invisible sous les strates de chair qu'avaient laissées les années.

Sachez, Madame le Maire, que ce n'est pas à mon âge que je prendrai des cours de vertu. En revanche, ça ne ferait pas de mal à Clotilde... Les gens la regardent comme une victime ou une sainte. Ils se figurent mes soixante et un ans la bouche ensanglantée et un couteau entre les dents, alors que ses vingt-huit ans... c'est du cristal, de l'eau de roche. Ce n'est pas ainsi que je les vois. Ils sont comme sa robe de mariée aux reflets changeants : versatiles, sexy et excentriques.

Madame le Maire a fini par nous déclarer mari et femme, et a posé de mauvaise grâce à nos côtés pour la photo du journal local. Demain, elle dira à ses amies qu'elle a célébré le mariage le plus immoral, le plus dégueulasse qui soit : « C'était un artiste, un écrivain, je crois, enfin tu vois le genre. Un sexagénaire. Les cheveux teints parce que évidemment ils ont blanchi depuis belle lurette. Tout en blanc, fier, orgueilleux, le cou ceint d'une lavallière grotesque, avec un air de seigneur qui revendique son droit de cuissage. La fille ? Elle avait dans les vingt vingt-cinq ans.

Une jolie pépée, un peu vulgaire. Pas l'air futé. Est-ce qu'elle a compris pourquoi elle signait ? On entendait ses parents pleurer dans la salle, c'était indécent. Elle semblait avoir quinze ans. Dans son tutu de danseuse argenté, elle entrait en toute innocence dans la fosse aux lions. Je me demande d'ailleurs si elle ne s'appelait pas Blandine... Pauvre gamine. »

Avec Clotilde, j'ai rendu les clés de ma garçonnière. Arrêté les escales sexuelles l'après-midi dans des chambres d'hôtel, les maîtresses. Elle a effacé les blondes, les brunes, les quadragénaires frustrées, les étudiantes piégées par une ambition malsaine, mes lectrices qui faisaient la queue dans les Salons du livre pour entrouvrir leur chemisier sous mes yeux presbytes. Elles ont disparu le lendemain de ma rencontre avec Clotilde dans un café de la Sorbonne — mon lieu de chasse favori, où je suis désormais interdit de braconnage. Pas parce que Clotilde m'a reconverti à la fidélité, ça serait trop beau, mais parce que vingt-quatre heures après avoir inscrit son numéro de téléphone dans la paume de ma main, j'étais devenu impuissant.

Dix ans de donjuanisme ont terrassé ma virilité. Sylvia dirait que j'ai été puni. Et c'est exactement ça. Clotilde me punit chaque jour de notre vie commune. Elle me fera mourir de faim, si elle continue à dormir nue dans mon lit, si elle prend l'habitude de laisser la porte ouverte quand elle fait sa toilette. C'est vrai, je n'étais pas obligé de me marier. Alors pourquoi ? Parce que j'aime sa beauté et que

Clotilde aime mes livres, parce que je suis prêt à lui faire la courte échelle pour qu'elle arrive professionnellement. Ses rêves de carrière sont anachroniques pour une fille de sa génération : elle veut être une muse d'écrivains. Elle sera la mienne, avant que je m'en sépare, nauséeux et miné par la faim. Elle ira répandre sa famine ailleurs.

De temps en temps, Clotilde fait semblant d'avoir pitié de moi. Elle me met un Viagra sur la langue, solennellement, à la manière d'un prêtre qui donne la communion, et on fait l'amour. Une fois tous les trois ou quatre mois, quand elle le décide. Elle use du Viagra comme d'une ceinture de chasteté dont elle a la clé. Je lui ai promis que je n'y toucherai pas sans son accord : je suis sa chose, une sorte de queutard émasculé. De toute façon ces pilules bleues me dépriment, j'ai l'impression de baiser avec une prothèse quand j'en prends.

Aujourd'hui, Clotilde a été particulièrement vicieuse. En sortant de la salle des mariages, elle m'a sauté au cou, et a dansé autour de moi comme une ballerine mécanique de boîte à musique. On a fait la photo avec Madame le Maire — qui tirait une de ces gueules ! — devant un massif de rhododendrons bouffé par les pucerons. J'ai fermé les yeux pile au mauvais moment, le soleil m'éblouissait. Alors on en a pris une autre, et Clotilde, qui a une passion pour les choses ratées, les photos mal cadrées, les transgressions baveuses sur les documents officiels, a collé sa main écartelée sur mon entrejambe, comme un voile pudique. Je me suis senti humilié, j'avais l'impression d'exhiber ma nudité dans un jardin public. J'espère que l'iconographe du journal de la mairie saura cacher ce cache-sexe obscène.

Après la mairie, on avait prévu de recevoir nos invités dans le salon d'un hôtel. Je connais presque tous les hôtels de la ville, leurs tarifs, la dentition de leur concierge. Je sais où trouver des draps de soie ou de coton, de jolies femmes de chambre, un petit déjeuner continental à quatre heures de l'après-midi. Donnez-moi une adresse, je peux vous dire quel genre de shampooing ils mettent sur le rebord de la baignoire, s'ils ont Canal + et proposent une sélection de films pornos. Pour le cocktail, j'ai bêtement dit à Clotilde « n'importe quel hôtel, choisis, je te fais confiance ». Sauf que « n'importe quel hôtel », c'en est forcément un que j'ai déjà fréquenté, marqué de mes empreintes digitales ou de ma semence.

On ne revient pas sur les lieux du crime. Moi j'y suis retourné en costume blanc et lavallière, accompagné de ma ballerine de boîte à musique. Le maître d'hôtel m'a accueilli avec un sourire hypocrite et une coupe de champagne gravée « Aux jeunes mariés ». Était-ce un hasard — je me méfie désormais des hasards que Clotilde coud avec du gros fil blanc —, elle avait réservé un salon dans un endroit particulièrement chargé de souvenirs érotiques. Tout à l'heure, en poussant la porte tournante de l'hôtel, je me suis rendu compte que j'y avais débauché des douzaines de bourgeoises, dans une chambre qui pourrait porter mon nom, celui de son locataire le plus assidu en dix ans. Un peu avant le mariage, Clotilde m'avait fait une description très vague de l'endroit : « Un bel immeuble, très chic, rue de l'Automne, tu le connais peut-être ? » C'est à peu près ce qu'elle a dit, j'avoue que je lui parle plus souvent que je ne l'écoute. Est-ce qu'elle a fait exprès de maquiller la rue Antoine en rue de l'Automne pour endormir ma vigilance ? Après la journée que je viens de passer, j'aurais tendance à penser que oui. Quant à cette fausse adresse, rue de l'Automne, sa familiarité me glace, elle sonne comme une assignation à résidence, comme un rappel à l'ordre pour l'homme vieillissant que je suis, le locataire obstiné d'un printemps artificiel. Rue de l'Automne : le jour où elle a prononcé ces quatre mots, je ne savais pas encore que j'étais tout près de la haïr.

À seize heures, le salon de réception était toujours vide : le buffet dressé attendait ses clients, une tache rouge foncé sur la moquette bordeaux ne demandait qu'à se faire oublier sous les chaussures des invités. On était seuls Clotilde et moi, nos coupes de champagne à la main. Mes beaux-parents n'allaient pas tarder, ils s'occupaient d'aller chercher une tante atteinte, assez gravement, de la maladie d'Alzheimer. Ils ont pris un plaisir indéfinissable en me serinant à trois ou quatre reprises qu'elle avait exactement le même âge que moi, à deux mois près.

« Et si on disparaissait quelques minutes, on file dans une chambre et on revient ? Tu vois ce que je veux dire, on s'offre un petit acompte sur notre nuit de noces, ni vu ni connu ? » m'a demandé Clotilde en se frottant à moi comme une chatte. J'ai dit oui, parce que je n'ai jamais su dire non à cette gamine, de peur qu'elle ne me quitte, de peur du dentier dans le verre à dents aussi. J'ai posé ma coupe de champagne, entrouvert les lèvres pour recevoir le Viagra. Elle m'a embrassé et profité du moment où je fermais les yeux, un quart de seconde, pour me faire avaler tout rond une seconde pilule.

« Tu es folle !

— Ne t'inquiète pas. Deux, c'est tout à fait indiqué pour ce genre d'occasion, un coup rapide entre deux portes, hein ? »

J'ai dénoué ma lavallière. Les serveurs venaient d'installer une montagne d'huîtres sur une table. « Quelle idée exquise ! » s'est exclamée Clotilde comme une poule de théâtre de boulevard, en s'approchant du buffet. Est-ce qu'elle avait déjà oublié sa folle idée ? Est-ce qu'elle nous avait oubliés, moi et mes deux Viagra dans le gosier ? Vomir. Je ne pensais qu'à vomir. Vomir ou mourir. M'allonger. Partir.

Clotilde a vu arriver ses parents et tante Michelle dans un fauteuil roulant. Elle s'est précipitée vers eux, en me prenant par la manche. J'ai essayé de lui faire comprendre que je ne me sentais pas bien, elle a resserré son étreinte. J'étais menotté, mais sans cette emprise je crois que je me serais écroulé. Puis elle s'est hissée sur les demi-pointes pour me murmurer dans le cou : « Viens avec moi, on dit bonjour et on s'éclipsssse. » La caresse de cette phrase, qu'elle avait prononcée presque amoureusement, en faisant durer le « s », m'a ensorcelé. J'en avais des frissons partout dans le corps, pendant que Clotilde me conduisait à sa famille, comme un chat qui rapporte une prise, un oiseau ou une souris morte.

« Tante Mimi, je te présente mon mari.

— Enchanté. Vous êtes sa marraine… c'est ça ?

— Va chier ! Connard ! Je vais te les vider, moi, les couilles !

— Tante Mimi, tu sais que je me suis mariée aujourd'hui ? reprit Clotilde avec le ton appliqué, élémentaire, d'une nounou au bord de l'impatience. Tu sais que tu es en train d'insulter mon mari, là ?

— Parle à mon cul !

— Ma tête est malade, me suis-je entendu dire.

— Elle est toujours comme ça quand il y a des visages inconnus. Ne le prends pas pour toi personnellement, elle menace le monde entier de lui vider les couilles, même les aides-soignantes qui se relaient pour lui faire prendre son bain ou préparer ses repas. »

Quand elle ne parlait pas, tante Michelle ressemblait à une poupée désarticulée, malmenée par un enfant tortionnaire. Sa tête trop lourde pendait comme un bout de chair chevelue, molle et inutile, entre ses clavicules. Sa sénilité, les taches de bave qui jonchaient sa robe contrastaient étrangement avec son visage lisse, ses cheveux encore bruns, son regard perçant. Je n'en revenais pas qu'elle ait le même âge que moi, et pendant que j'observais ses mains baguées, légèrement tachetées de fauve, pour les comparer aux miennes, j'ai été surpris par une insoutenable érection. La douleur me clouait sur place. Tante Michelle a levé les yeux vers moi, ses mains tricotaient un fil de laine imaginaire :

« Je vais te vider les couilles ! »

Ma nuit de noces m'est passée sous le nez. J'en ai chèrement payé les arrhes, pour rien, car l'après-midi a été atrocement, douloureusement, platonique. Clotilde n'a pas arrêté de papillonner entre les invités — je n'avais jamais remarqué son rire, quand elle est avec ses amis : une cascade interminable de sons imbéciles. Elle m'ignorait. Mon beau-père a donné à manger des huîtres à la petite cuillère à tante Michelle. De temps en temps, sa bouche trop bavarde en laissait tomber une sur le col de sa robe. Elle continuait de jurer qu'elle lui viderait les couilles, que c'était tout ce qu'il méritait, ce salaud, ce pervers, ce gros dégueulasse. Personne dans le salon ne prêtait attention à cette bouillie inintelligible d'insultes mastiquées et d'huîtres gobées, à part moi, qui ne savais plus où me mettre.

J'ai dû supporter mon érection pendant toute la durée du cocktail. J'en avais la migraine. Est-ce qu'on appellerait migraine une douleur située derrière la ligne des sourcils, qui descend jusqu'au pelvis en piétinant l'estomac ? Je suis resté assis, les serveurs m'apportaient champagne et petits fours, les invités leurs félicitations. Le plus humiliant, c'est que pas un ne s'est inquiété de me voir immobile sur une chaise, alors que tout le monde était debout, tout le monde sauf tante Michelle. À un moment, j'ai failli me lever, en dépit de mon pantalon gonflé, pour célébrer ma nuit de noces comme Onan, dans la solitude des toilettes de l'hôtel, j'en aurais profité pour vomir. Mais mon ami (il ne sait pas encore qu'il n'est plus mon ami) est venu me rejoindre à ma table avec une assiette d'huîtres pour deux : « Alors ? Toujours beau et fringant ! » J'ai pensé au contraire que je ne m'étais jamais senti aussi vieux qu'à ce jour, où j'ai eu le plus formidable accès de vigueur de toute ma vie. Je lui ai répondu « Bof » en haussant les épaules, et j'ai laissé mes huîtres. Il est parti sans me dire au revoir.

Toute la journée, il n'y en a eu que pour elle, ses vingt-huit ans et son petit bouquet agrafé entre les seins. En la voyant embrasser une de ses amies sur la bouche, au milieu d'une arène sonore de rires idiots et immatures, j'ai décidé que je ne ferais plus jamais l'amour, que c'en était fini du queutard émasculé, je serais émasculé tout court.

De retour à la maison, elle a essayé de m'en coller un autre sur la langue, cette petite garce, elle m'a couru après dans tout l'appartement, en brandissant une pilule bleue, assortie à son vernis à ongles. Je me suis enfermé dans la salle de bains, elle a tapé comme une furie contre la porte, puis elle s'est mise à miauler, pour m'attendrir.

« Tu ne veux pas ?

— Non. J'ai déjà donné.

— Tu m'en veux pour tout à l'heure ?

— Je t'en veux depuis qu'on se connaît, Clotilde, depuis que j'ai pris ton numéro de téléphone.

— C'était bien la peine de m'épouser.

— Je viens de le comprendre à l'instant. Évidemment, si j'avais su… Écoute, j'en peux plus du Viagra. Tu sais ce qui me ferait plaisir ? Dormir. Tu enfiles une chemise de nuit, tu ranges ton Viagra, et on se couche.

— Bonjour la nuit de noces.

— Je ne suis plus ton esclave, c'est fini tout ça. Ou alors contente-toi d'un eunuque. Si tu veux on fait un scrabble, un petit scrabble avant de se coucher, comme les vieux ? »

J'ai dit ça par provocation, pour insulter sa jeunesse, j'étais sûr que ça la rendrait furieuse. Je l'ai entendue partir dans la chambre, faire le lit, elle poussait des râles d'énervement en tapant les oreillers et en secouant la couette. C'était la première fois que je lui résistais. Quand je suis revenu, elle était couchée. Une grande bouteille d'eau lui tenait compagnie sur la table de chevet, et elle torturait un magazine qu'elle lisait en boudant et dont les pages se déchiraient à chaque fois qu'elle les tournait.

« Comment en es-tu arrivé là ? » m'a-t-elle demandé, en levant les yeux de son journal. Ils étaient opaques, presque noirs.

« Où ça, là ? »

Elle a attendu que je m'allonge à ses côtés pour prendre mon sexe dans ses mains et le serrer très fort, en tâchant de rester au bord des sévices, de ne pas franchir la frontière, ténue, de la violence. Un instant j'ai cru qu'elle allait le broyer.

« Là. Toi qui as tant aimé les femmes, je ne comprends pas. »

Elle m'a écouté dix minutes avant de s'enterrer sous un amas d'oreillers.

Dès qu'il y a un peu de soleil, il fait bleu dans la chambre, je ne sais pas par quelle alchimie. La peinture blanche des murs, qui vire au gris la nuit, se change en un bleu très pâle, dès que le jour se lève. Là, il fait encore sombre, mais ça ne va pas tarder. Chaque matin, ce bleu me ravit. L'été, il m'arrive d'ouvrir un œil à l'aube, et je le guette, les yeux au plafond. Il me rappelle les taches de soleil, ces ombres azur qui zèbrent la neige, les prés, les feuilles des arbres dans les tableaux impressionnistes, et je me dis que Monet aurait aimé ma chambre dans le soleil levant pour cette raison. On s'y croirait à la montagne, au grand air, sauf ce matin, il fait trop chaud. On étouffe, même. Faudrait ouvrir les fenêtres.

Je n'ai pas dormi de la nuit. Clotilde ne se réveillera pas avant onze heures, la matinée sera grasse après notre indigente nuit de noces. Je serai parti. Elle devra préparer son café, descendre à la boulangerie pour acheter du pain frais et peut-être un croissant, si elle a de l'appétit. Tiens, son vernis commence à s'écailler... Hier, elle a éclaté de rire, moqueuse, quand je lui ai demandé si elle n'était pas un peu vieille pour le vernis à ongles bleu. Elle prétend que le bleu est la seule couleur qui lui va. J'aime autant le rose.

Mais qu'est-ce que... qu'est-ce qu'elle a dans la main? Encore ces maudites pilules. Un, deux, trois, quatre, cinq, six. Elle dort avec maintenant... Je ne sais pas par quel trafic elle parvient à s'en procurer de telles quantités. Et je parie qu'elle en a plein son sac à main. Folle... Elle me tuera avec son Viagra... Elle me tuera. C'est ça qu'elle veut? Mais je vais lui en donner, moi, elle va voir. Avec de l'eau de Contrex, ça glissera tout seul. Je vais lui en donner jusqu'à l'empoisonnement, jusqu'à ce que son cœur explose, jusqu'à ce que ses lèvres en prennent la couleur. Tiens, prends ça, avale. Avale! je te dis. Avale, qu'on n'en parle plus.

À part ça, il est formidable

Si Alain Delon avait eu les yeux marron, il aurait pu s'appeler Jean-Paul Falotin. C'est ce que je disais à mes amies quand elles me demandaient « Alors, il est comment ? ». Eh bien, c'est simple, prenez Alain Delon jeune, par exemple celui du *Guépard*, le beau Tancrède amoureux d'Angelica, dessinez-lui des prunelles fauves, presque orange, un peu rapprochées c'est vrai, mais intenses, vives. Quelques kilos en plus, parce qu'il n'est pas très porté sur les cascades. Tadin ! Vous avez Jean-Paul. Elles me jetaient alors des regards sceptiques et, à ma grande déception, pas du tout envieux. Puis il y en avait toujours une pour dire : « S'il avait eu les yeux marron, il aurait changé de prénom, parce que Jean-Paul… c'est pas très cinématographique. » Et Jean-Paul Belmondo ? *L'homme de Rio*, c'est du flan peut-être ? De toute façon, il est complètement vain de parler cinéma avec des filles qui pensent que Rhett Butler a vraiment existé. Jean-Paul est beau comme Delon, c'est indiscutable. Un Tancrède aux yeux orange. Et moi, si je ne suis pas vraiment Claudia Cardinale, je dois dire que je me défends pas mal. J'ai les dents légèrement proéminentes, mais à part ça, j'ai un physique honorable. Quand je ferme la bouche, je suis presque jolie.

« Cheeeeeese. Emma, dis cheeeeeese. Ouvre la bouche, bon sang, on dirait une vieille qui a avalé son dentier ! On y est ? Superbe. Vous la mettrez au-dessus de la cheminée. »

Je veux plein de photos, des centaines de photos, qu'on classera dans des albums, exposera dans des petits cadres dorés, sur la cheminée ou ailleurs. Les gens qui viendront chez nous les regarderont avec admiration et déférence, comme les trophées d'une vie parfaite dont je leur ferais la visite guidée. « De la dentelle de Calais. Une robe sur mesure. Il a fallu trois mois pour la confectionner, et les essayages, je ne te raconte pas, des centaines d'épingles, des mètres et des mètres de mousseline de soie, et moi dedans les bras en l'air, pour laisser la couturière faire ses retouches. Les chaussures — on ne les voit pas sur la photo —, elles étaient assorties ; des ballerines recouvertes de dentelle, qui me faisaient des tout petits pieds de Cendrillon. Jean-Paul… mon chevalier blanc… ça, on peut dire que je suis bien tombée. Il est beau, hein ? Il ne te rappelle personne ? Ce regard fier, cette conscience si sûre d'elle-même… non ? Ah, mais tu n'as peut-être pas vu le *Guépard* ? Et *Borsalino* ? »

Sur la place de la mairie, on se bouscule, les mains brandissent des appareils photo pour intercepter nos sourires, à

Jean-Paul et moi. Je tâche de cacher mes dents derrière mes lèvres qui restent scellées, et lève le menton bien haut, pour affiner la ligne de mon cou. Je voudrais avoir l'air d'une grande amoureuse, et m'agrippe au bras de Jean-Paul, comme si on était sur un radeau et qu'il y avait du roulis, genre « vous voyez, son amour me donne le vertige ».

Est-ce qu'ils sont pour moi tous ces sourires ? Pour moi, qui ai toujours l'impression qu'on ne me sourit que par accident, parce qu'une absente me ressemble, qu'un imbécile un peu myope m'a prise pour quelqu'un que je ne suis pas ? Souriez-moi, car je n'en aurai jamais assez. Je veux entendre que j'ai de la chance et que mon mari est beau, qu'avec ses pommettes saillantes et ses yeux en amande, il ressemble à un acteur de cinéma. Dites-moi que, pour une fois, il y a quelques personnes sur terre — parmi lesquelles, j'en suis sûre, cette très jeune fille qui lorgne avec envie la dentelle de ma robe — qui donneraient cher pour prendre ma place et épouser Jean-Paul. Mon Jean-Paul… Mais qu'est-ce qu'il fait, à se débrailler comme ça ?

« Tu n'es pas en train de dénouer ta cravate ?

— Si, mon ange, tu vois, elle me tient trop chaud, j'étouffe là-dedans. Ça ne va pas te poser problème ? »

Un problème, je ne sais pas, mais au minimum une contrariété, le genre de sentiment désagréable et minuscule qui vous assiège dès le réveil, quand vous ouvrez un œil le matin et que tout est encore flou ; un pou à l'âme. Vous ne savez pas bien de quoi il s'agit et quelle est la cause de ce tourment : est-ce parce que le ciel est bas ou qu'il faut téléphoner à votre banquier ? Toujours est-il qu'il parasitera vos pensées toute la sainte journée, et peut-être même jusqu'au lendemain.

Que Jean-Paul se déleste de sa cravate, une magnifique cravate orange en soie, et la mette dans sa poche de costume alors qu'on est la cible de tant de regards, c'est vrai, ça me gêne un peu. Disons que c'est un détail fâcheux, mais tant qu'il reste un détail, ce n'est pas un problème, n'est-ce pas ? À moins que ce détail ne grossisse, grossisse, grossisse, ne devienne obèse et ne finisse par m'étouffer ? Ça semble idiot, mais ce n'est pas plus bête qu'un allergique aux crustacés qui voit sa langue mortellement enfler parce qu'il a ingéré une demi-crevette. Je suis allergique à un Jean-Paul sans cravate, voilà tout, et je sens que s'il l'enlève, je pourrais me sentir mal, très mal.

Sous les cravates que Jean-Paul porte tous les jours — j'aurais aimé que celui-ci, le jour de notre mariage, ne fasse pas exception —, se cache une cicatrice assez rebutante. Je n'arrive pas à m'y faire, à cette marque violacée sous la pomme d'Adam, à ces points de suture qui, au lieu d'aider la plaie à cautériser proprement, en ont comme dessiné une autre, qui ressemble à une bouche entrebâillée. Je ne sais pas pourquoi, j'associe la cicatrice de Jean-Paul à une odeur captieuse, l'odeur d'une putréfaction à peine commencée, celle de la viande dont on devine qu'elle sera bientôt avariée. Je sais, c'est odieux comme comparaison, et infondé puisque je ne l'ai jamais reniflée, cette... cette chose. Mais qu'est-ce que j'y peux ? Elle me dégoûte, et je la veux hors de ma vue. Ce n'est pas compliqué à comprendre, j'aime Jean-Paul moins sa cicatrice. Je pourrais le détester s'il l'arborait, mais j'ai décidé de l'aimer du moment qu'il la dissimule et, jusqu'à présent, il n'y manquait jamais, sous une cravate ou un foulard.

Elle est là, dans l'encolure de sa chemise. J'ai l'impression qu'elle me regarde. Remets ta cravate, chéri, je t'en supplie. Mon propre malaise, c'est une chose, mais tu ne peux pas l'imposer aux autres. Qu'est-ce qu'ils vont penser ? Que tu es malade ? Dieu sait que les gens n'aiment pas la maladie, encore moins quand ils assistent à un mariage. La maladie, on la laisse sur le paillasson ou dans la boîte à gants de la voiture. On lui dit « à tout à l'heure », et on s'en va le cœur léger à la fête. Les miasmes, les virus, ça ne rentre pas dans les Minaudières des dames, c'est bien trop encombrant. Cette cicatrice, je suis désolée, on ne voit qu'elle, elle baye aux corneilles sur ta gorge, elle remue, mâche, rote, dès que tu parles, on croirait qu'elle a une vie autonome, comme une poupée de ventriloque. Mais, surtout, elle laisse imaginer le pire, que tu es contagieux, incurable, porteur du sida, mon Dieu, c'est vrai, on dirait le sida, ce machin…

« Qu'est-ce que tu rumines ? me demande soudain Jean-Paul, l'ongle de son index grattant, fourrageant la petite croûte violette qui a l'air à deux doigts d'épancher un liquide douteux, une morve. Tu parles toute seule ?

— Mais non, qu'est-ce que tu vas chercher ? »

Sans façon merci, pas de petits fours, je n'ai pas très faim. Pas de champagne non plus, j'ai besoin de ma lucidité. Allons, allons, réfléchissons, imaginons Alain Delon. Imaginons-le sans cravate. Juste au-dessus de son sternum s'étale une plaie purulente, immonde, avec des petites zébrures multicolores, blanc, rose, violet, le tout boursouflé et suintant. Peut-être qu'on pourrait y adjoindre du vert, pour la moisissure ? Non, pas assez crédible, il faut que ça reste réaliste. Imaginons qu'Alain Delon est en face de moi. Est-ce que j'ai envie de lui sourire, de lui dire que Tancrède est mon idéal masculin et qu'en sa compagnie j'aimerais voir Palerme et mourir ? Ou Venise, s'il préfère. Est-ce que j'ai envie qu'il m'aime, qu'il me donne une fille qu'on appellerait Angelica et qui parlerait couramment italien ? Est-ce que j'aimerais qu'il me fasse tournoyer dans une salle de bal où résonnerait une interminable valse de Nino Rota ? Évidemment, j'aimerais. Une occasion pareille, ça ne se refuse pas. Au diable les plaies et les cicatrices.

Où est Jean-Paul ? Il a pris sa mère par la main, pour la faire valser. Au début, c'est une danse confortable et régulière, mais Jean-Paul lui inflige très vite quelques pas de tango, qui sont un peu brutaux pour une dame de soixante-deux ans, mais elle se laisse emporter, et rit aux éclats, parce que ça doit faire très longtemps qu'on n'a pas été brutal de cette manière si enjôleuse avec elle. Je les regarde, et me dis qu'à part sa cicatrice, Jean-Paul est formidable. Tous les deux, nous irons à Palerme, ou Venise, s'il préfère.

À la fin du morceau, Jean-Paul porte les poignets de sa mère à ses lèvres pour les embrasser, puis il m'appelle du regard et me tend les bras. Je suis tombée amoureuse de lui alors qu'il m'attendait, assis sur un banc. Depuis, il a perdu de sa patience, mais j'ai gardé l'habitude de ne jamais me hâter pour le rejoindre, où que ce soit, et de faire durer le désir, le sien ou le mien, je ne sais pas trop, l'important étant de ne pas le presser. Là, je me dirige tout doucement vers la piste de danse. Vous ne vous êtes jamais demandé pourquoi, au cinéma, ce genre de scène est toujours tourné au ralenti ? La vitesse normale est si peu sentimentale, elle laisse à peine le temps de dire bonjour que c'est déjà au revoir, à peine le temps pour penser au baiser qui arrive toujours trop vite. Je crois que ce qui compte ce n'est pas tellement le baiser, mais le trajet qui y conduit. Je verrais bien un film où il n'y aurait, tout du long, que deux amoureux courant l'un vers l'autre, et dont il faudrait imaginer le baiser, escamoté par le générique de fin.

J'y suis presque. Jean-Paul gifle l'air de ses mains pressées, il s'impatiente, c'est dommage. Sur le banc de notre premier rendez-vous, il aurait pu m'attendre des heures et des heures, peut-être même des jours. Les notes d'une valse retentissent, je rêve ou c'est celle du *Guépard* ? Oui, je rêve, ce n'est que Strauss. Je rêve beaucoup trop.

La nuit a mis les appareils photo en berne, comme si l'existence n'avait de sens et d'intérêt qu'au grand jour. Ça fait une demi-heure que nous dansons, Jean-Paul et moi.

On tourne en rond sur la piste, dessine des carrés, des triangles, qu'on dé-dessine ensuite de nos pieds, et on recommence, un, deux, trois, un, deux, trois, des ronds, des carrés… De temps en temps, je nous vois sortant de la piste, poursuivre notre valse dans la forêt, les champs, et la musique nous accompagnerait, un, deux, trois, un…

Jean-Paul est en nage et mes mains glissent sur son costume. J'espère quand même qu'il va garder sa veste, je ne veux pas le voir dans une chemise trempée de sueur. Je déteste la sueur. Quelques gouttes, qui se sont formées en haut du front sous les frondaisons de ses cheveux, dévalent son visage et viennent se confiner dans sa cicatrice. Elles la font luire, briller, et dans cette obscurité garnie de spots de toutes les couleurs, on croirait une flaque de sang. On respire mal ici. De l'air, de l'air! Hou là, voilà que je perds l'équilibre maintenant, j'ai les jambes toutes molles. Jean-Paul se précipite pour me rattraper, et me serre plus fort contre lui, en me murmurant : « Eh bien, ma douce, tu ne tiens plus debout ? » Il prend ma tête entre ses mains moites, et l'attire à lui, ou plutôt contre *elle*, la cicatrice, le sommet de mon crâne ne dépassant pas sa pomme d'Adam.

L'odeur, comme je l'imaginais. J'ai l'impression de mettre le nez dans un sac de courses qu'on aurait oublié de décharger dans le réfrigérateur. Jean-Paul maintient son étreinte, il me force à sentir l'haleine de sa cicatrice, me colle le nez dedans, il me noie. J'arrête de respirer, ferme les yeux, les gens doivent penser que je m'abandonne, alors que c'est tout le contraire, je résiste. J'essaie de penser à Alain Delon sortant du bain et sentant le savon, mais avec cette odeur, ce n'est pas possible. D'autant plus que la chemise de Jean-Paul est trempée, sa sueur m'imbibe, gagne mes cheveux, ma robe. J'imagine ma tête quand je sortirai de là : mon maquillage aura coulé, et ma belle coiffure de mariage, perlée des gouttes de transpiration, se sera affaissée. Comment se fait-il qu'il me dégoûte à ce point? Que sa tendresse soit un supplice? Lui que je trouvais si beau, si idéal, où est passée sa beauté? Où est passé mon amour pour lui?

Tout en dansant, j'essaie de faire céder l'étau de ses mains, je donne de vains coups de tête comme une guêpe coincée sous une cloche de verre. Il n'a pas l'air de comprendre, et comprime si fort les os de mon crâne, que j'ai de plus en plus de peine à penser qu'il s'agit d'un geste tendre. Il m'écrase, il m'étouffe dans ses sécrétions et l'odeur visqueuse de sa cicatrice. Il faut que je lui adresse la parole, lui dise quelque chose, il sera bien obligé d'écarter ses mains, de me libérer pour m'écouter, et je pourrai respirer à nouveau. Je l'appelle donc, d'une voix que j'espère le plus anodine possible : « Jean-Paul? » Il me prend par le menton et me regarde, vexé que j'interrompe ce moment si agréable, il a l'air de me presser : Dis-moi, qu'on retrouve vite la volupté de cette étreinte, allez, Emma, dis ce que tu as à dire, je ne veux pas perdre une seconde de plus sur notre prochain baiser. Il ne voit pas que j'ai le cœur au bord des lèvres et que je vais le cracher de dégoût, s'il continue de me serrer comme ça. Alors, je lui dis que j'en ai assez et que je veux m'assoir. J'ose à peine me l'avouer, mais je suis soulagée qu'ils ne m'escortent pas, lui et son odeur.

Jean-Paul danse sans moi, au milieu d'un cercle d'amis. Ils s'amusent à se prendre par la taille, font mine de se battre sur une musique aux accents guerriers, et je m'étonne que pas un ne soit rebuté par sa cicatrice, ses cheveux trempés qui dégouttent sur sa chemise salie par la fête, la sueur, le vin, la bière. J'ai souvent entendu dire que le vrai amour, c'est celui qui reste invaincu devant les sécrétions de l'être aimé, son haleine déshydratée par quarante de fièvre et ses problèmes digestifs. Si je comprends bien, le vrai amour serait celui qui vous plonge les deux mains dans la merde. Je ne suis pas d'accord, je ne pourrais jamais réduire l'amour à une affaire d'excréments. Je suis tombée amoureuse de Jean-Paul parce qu'il ressemblait à Tancrède. Vous imaginez Tancrède-Alain Delon en train de chier ? Est-ce que vous pourriez l'imaginer tel que je vois Jean-Paul à l'instant, ses poils de torse exhibés en transparence par sa chemise trempée de sueur ? Sa cicatrice luisant comme une flaque sanguinolente, et exhalant une odeur de pourri ? Pourriez-vous l'aimer ?

J'ai toujours envié les mariées, leur belle robe, l'amour qui les transfigurait. Aujourd'hui, plus la nuit avance, plus je regrette de ne pas être elle, là, cette jeune femme en pantalon noir, qui danse avec son ami. Ou bien, elle, qui a enlevé ses chaussures, et chuchote une blague, un secret, à une fille tout excitée à l'idée de l'entendre enfin. Elle, qui sirote, seule, une coupe de champagne, cette autre qui enlace son amoureux, celle-là qui connaît par cœur la chanson que passe le DJ. Je la connais cette fille, elle ressemble à un tableau de Balthus, comment s'appelle-t-elle déjà ? Ah oui… Suzanne. L'heure tourne, et moi je ne veux plus être Emma, épouse de Jean-Paul Falotin. Ne pas être celle qui devra dormir avec lui cette nuit.

Je l'ai envoyé aux toilettes pour qu'il se rafraîchisse le visage.

« Tu n'as pas une autre chemise ? Celle-ci est dans un état…

— On s'en fout, c'est la fête ! On ne peut pas toujours être tiré à quatre épingles, il faut vivre, Emma ! Et forcément ça débraille, la vie. »

Il a dû voir qu'il me faisait de la peine, sentir que les larmes se bousculaient sous mes paupières, parce qu'il m'a pris la main avec solennité, et m'a murmuré :

« C'est si important pour toi ? Que tout soit bien propre ?…

— Oui.

— Alors, si tu veux, je vais changer de chemise et…

— Et remettre ta cravate ?

— À deux heures du matin, qui se fout de voir un marié en cravate ? Déjà que je suis complètement bourré…

— Moi. Ça compte, non ? »

Il file dans notre chambre, enfin, la « nôtre », elle ne nous appartient pas, c'est juste une chambre dans un hôtel désuet, aux murs revêtus de toile de Jouy, qu'on a loué pour le mariage. Je vais l'attendre ici, dans le hall. C'est calme et la fête commence à me fatiguer. Les fêtes me déçoivent, la plupart du temps. Je leur préfère de loin les préparatifs ou les souvenirs qu'elles laissent. Par exemple, cette robe en dentelle de Calais, je suis sûre qu'elle sera merveilleuse sur une photo encadrée au-dessus de la cheminée, mais pour l'instant, je ne vois qu'un bout de tissu où l'herbe a imprimé des taches qui ressemblent à des scarifications. Un bout de tissu banal, chiffonné par endroits, sans pouvoir ni magie. Les choses sont plus belles en faux, sublimées par l'artifice du souvenir ou d'une photographie. J'ai toujours considéré la photogénie comme une évidence, et flatteurs, les mensonges de la photo. Regardez, moi : je mets quiconque au défi de trouver une photo qui trahirait ma mauvaise dentition, et sur laquelle je ne tricherais pas en fermant consciencieusement la bouche. Je suis plus belle en faux, comme Alain Delon, qui est plus désirable en Tancrède, comme Jean-Paul, dont je voudrais effacer la cicatrice.

Je tends l'oreille vers les étages. Rien n'annonce le retour de Jean-Paul descendant les escaliers quatre à quatre, dans une chemise immaculée qui sentirait la lavande, le cou fermement sanglé dans sa belle cravate orange. Il est long. C'est bon signe. Peut-être qu'il prend une douche ?

Si j'habitais dans une maison habillée de toile de Jouy, je crois que je ne m'ennuierais jamais. Comment se lasser de ces bergères que l'imminence de l'amour rend rêveuses, de ces joueurs de flûte lovés dans des arbres fruitiers ? Je ne sais pas pourquoi, mais l'idée que cette petite jeune femme, avec son troupeau de deux moutons, ne rencontrera jamais son joueur de flûte, me remplit de bonheur. Elle restera éternellement amoureuse, alors que moi, qui me suis mariée aujourd'hui, j'ai l'impression que mon tour est passé. Ffft ! Envolé. L'amour n'est qu'un instant. D'ailleurs, je me souviens très bien de cet instant : Jean-Paul assis sur un banc posé au milieu des pâquerettes, comme dans une scène de toile de Jouy. Il m'attendait, et quand il m'a vue arriver, ses yeux orange se sont illuminés. Il m'a semblé plus beau que jamais, peut-être ai-je pensé que Tancrède pouvait aller se rhabiller, parce que des yeux pareils, même le cinéma ne peut les inventer. La suite n'est qu'une succession de compromis, des foulards qu'on noue sur des cicatrices pour ne pas les voir, des chemises propres qu'on enfile sur un corps sale. Je vous assure, l'amour n'est qu'un instant, et mieux vaudrait qu'il n'arrive jamais et l'attendre indéfiniment, comme cette bergère rose, parce qu'une fois passé, on ne s'en remet pas.

Jean-Paul traîne. Qu'est-ce qu'il peut bien faire ? La pendule de l'hôtel affiche deux heures trente, déjà. La fête continue sans nous et c'est à se demander pourquoi ils sont venus, tous. Je suis fatiguée. J'espère que lui l'est autant que moi, parce que je n'ai pas vraiment la tête à la nuit de noces. Comment faisions-nous, avant ? Je crois que je me moquais de cette marque sous sa pomme d'Adam. C'était véniel, comme d'avoir les pieds en dedans ou les dents légèrement de travers, rien qui aurait pu empêcher notre amour. Je la sous-estimais. Je ne l'aurais pas embrassée sur la bouche, évidemment, mais je la tolérais. Puis elle s'est mise à me dégoûter. La voir dans mon lit, sous la douche, dans le miroir de la salle de bains ou au-dessus de l'évier de la cuisine, m'écœurait chaque jour un peu plus. Je pensais que l'habitude serait une amie, qu'elle me la rendrait invisible avec le temps, mais elle n'a fait que l'enlaidir et répandre cette odeur de pourri, partout.

Jusqu'à maintenant, je pensais que je pourrais faire avec, comme la propriétaire d'un appartement situé juste au-dessus d'un local à poubelles, et qui s'en accommoderait avec un pince-nez ou des bougies parfumées. J'ai demandé à Jean-Paul de rendre sa cicatrice plus discrète, à grand renfort de foulards, de cravates et, pendant plusieurs mois, je l'ai oubliée. Aujourd'hui j'ai compris qu'elle serait toujours là, entre nous, et que c'était trop tard, elle avait corrompu ce qu'il y avait de beau en Jean-Paul, et m'avait passé l'envie d'être ce que je suis depuis quelques heures, Emma Falotin. Trois heures moins le quart. Mais qu'est-ce qu'il peut fabriquer, là-haut ?

J'aurais dû rester en bas à l'attendre dans le hall, ou alors aller danser, prendre un verre, tout plutôt que de voir ça : mon mariage en mille morceaux éparpillés dans cette chambre anonyme, où d'autres plus chanceux que nous ont passé une douce nuit de noces. Nos valises sont éventrées, comme si une horde de chiens errants, furieux et affamés, y avaient senti l'odeur de la viande. Ma jolie robe en soie rose : en boule sur la moquette. Ma trousse de toilette flotte dans une mare de parfum très cher, que Jean-Paul m'a offert pour mon anniversaire. Son costume de marié est parsemé de taches annonciatrices d'un vomi qui a éclaté plus loin. Et Jean-Paul… Jean-Paul est nu, la tête dans la cuvette des toilettes de la salle de bains… Cette salle de bains dont je me disais quelques heures plus tôt qu'elle était la plus ravissante du monde : un vrai salon, avec des plantes vertes, un canapé, du parquet qui n'a pas l'air de souffrir de la vapeur d'eau, ni des gouttelettes qui jaillissent inévitablement de la pomme de douche.

Jean-Paul ne m'a pas entendue entrer et je ne voudrais surtout pas qu'il se rende compte de ma présence, alors je retiens ma respiration, et mets la main sur mon visage comme un cache-nez. J'effectue de temps en temps un pas en arrière, comme si je prenais de l'avance sur la fuite. Qu'est-ce qui lui est arrivé ? D'ailleurs, est-ce bien lui, Jean-Paul ? Il a enfoncé si profondément sa tête dans la cuvette qu'il me semble qu'il pourrait y entrer tout entier, disparaître dans ce tunnel d'émail, sans que je sache qui il est.

Il est à genoux, et a les mains nouées derrière son dos, comme si quelqu'un, un tortionnaire, les avait menottées.

J'hésite à m'avancer vers lui pour l'aider, parce qu'il a l'air de souffrir atrocement. Il va s'écorcher la trachée à vomir comme ça, à se vider d'une bile qu'on croirait faite de fils barbelés. Mon cœur bat si fort que je crains que son écho dans la salle de bains ne me trahisse. Il ne doit pas savoir que je suis là, derrière lui, à l'écouter vomir. Sinon, je le sais, je serai piégée, il se retournera vers moi, me regardera avec cet air de souffrance qui m'intimera l'ordre de rester avec lui, mariée jusqu'aux dents et pour toujours. Le voilà qui gerbe un nouveau fil barbelé. Ça lui arrache la gorge, lui lacère l'intérieur de la bouche… Emma, me dis-je, tu ne peux pas le laisser dans cet état, il faut que tu l'aides. J'écoute mon bon sens plutôt que mon amour humilié, et décroche une serviette-éponge de la patère. Je m'avance vers lui, et puis quelque chose, qui traîne par terre, m'arrête. C'est son caleçon. Je l'ai toujours trouvé ridicule, ce caleçon, avec ses motifs enfantins de bonshommes de neige. Il est rattaché à la cheville de Jean-Paul, qui n'a pas réussi à l'enlever complètement, et est taché… de merde. Jean-Paul a fait sous lui. Il s'est chié dessus. Les bonshommes de neige sourient bêtement, envers et contre tout. Pour eux, c'est juste un peu de merde, alors que pour moi… Comment a-t-il pu me faire ça ?

Tu comprends, Jean-Paul, ce n'est pas ainsi que je voyais les choses, notre mariage, notre nuit de noces : ton caleçon plein de merde sur le carrelage de la salle de bains et ta tête dans la cuvette des chiottes. Je suis plutôt romantique et sentimentale, j'aime les romans d'amour, la dentelle de Calais et les jolies choses, et quand je te regarde, je me dis qu'il y a une erreur quelque part. Je suis désolée, Jean-Paul, je ne suis pas ton infirmière, et ce n'est pas un service à nous rendre que je te prenne la main, t'essuie la bouche et les fesses.

Je n'ai pas le courage de le lui dire à voix haute, mais c'est fini. Je repose la serviette là où je l'ai trouvée, et m'en vais sans bruit, alors qu'une nouvelle nausée le fait pleurer comme un enfant. Je l'abandonne…

Pendant que je descends les escaliers, je compte les bergères sur le papier peint. Leur optimisme me réconforte. Je m'approche de l'une d'elles, souriante et rose. Je n'ose pas lui dire que son joueur de flûte ne viendra jamais. Je n'aime pas qu'on fauche mes rêves, alors je préserve ceux des autres, quitte à leur raconter n'importe quoi. Quand je vois ce qu'elle nous réserve, la vérité, je préfère les mensonges. Un jour viendra, ton petit berger posera sa flûte et se déplacera de dix centimètres sur la tapisserie rien que pour te retrouver, et vous pourrez vous embrasser, enfin.

Un homme qui monte les étages et m'entend parler au papier peint s'est arrêté sur mon palier et me regarde comme si j'étais folle. Il est beau. On dirait Sean Connery, quand il était encore jeune et brun, James Bond. Lui est blond, mais peu importe. Il dégage ce même air de virilité bestiale, voire perverse, mais terriblement séduisante. Il a penché sa tête de côté pour mieux m'examiner, et me demande si je vais bien… C'est fou, cette ressemblance. Sean Connery avec des cheveux blonds, et un regard plus doux qui dit « Embrassez-moi, s'il vous plaît ». Il a l'air inquiet, me prend par le coude, me soutient le dos, et me conseille de m'asseoir sur une marche. J'ai mauvaise mine, c'est ça ? Je ne risque pas d'être saoule, je n'ai pas bu une goutte d'alcool, je n'ai pas non plus le souvenir d'avoir mangé, le jour de mon mariage, c'est triste, hein ? Mais à part ça, je vais très bien, monsieur, merci. J'ai envie de lui demander : On vous a déjà dit que vous ressembliez à Sean Connery, en blond ? Je ne suis pas vraiment Ursula Andress, mais je me défends pas mal.

Mon lapin

Il y a une différence entre être idiote et être rendue idiote. Dans le premier cas, c'est irréversible, il y a un problème structurel niché dans le cortex ou les méninges, je ne sais pas quelle région du cerveau détermine l'intelligence, dans le deuxième, vous pouvez toujours vous en sortir. Je suis bien placée pour le savoir, j'ai failli y rester.

Je suis née dans un petit village qui était peuplé essentiellement de rejetons de ma famille, des cousins, des tantes, des neveux qui avaient l'air d'oncles à cause d'un décalage de génération. Une soixantaine d'habitants se partageaient trois patronymes. À Piérouge, vous étiez soit un Chambon, soit un Canti, soit un Robic. Les Robic épousant les Chambon, les Canti les Robic, les Chambon les Canti, et vice versa, ça donnait tout un petit monde avec les yeux de travers, des calvities précoces et un grain de peau dépigmenté par la consanguinité. Piérouge faisait penser à un immense clapier à lapins, où le taux de natalité équivalait au taux de mortalité, et où les femelles, vouées à une incontinence biologique, tombaient enceintes comme on éternue, et mouraient de la même manière, bêtement.

J'avais la chance d'être dotée d'épais cheveux bruns et de n'avoir ni pied bot ni yeux rouges. Autant dire que ça ne courait pas les rues, les filles comme moi en parfaite santé, qui se passaient de chaussures orthopédiques ou de lunettes avec des verres gros comme des culs de bouteilles. Il y avait bien ma sœur, Isabelle, elle était ravissante, mais bête… Bête de naissance, bête des orteils jusqu'à la racine des cheveux.

Dans le village, tout le monde attendait le moment où on pourrait la marier. Parce que c'était l'épouse idéale, gentille et douce, elle donnait envie qu'on la caresse entre les yeux, comme les ânes. Elle avait un an de plus que moi et, le jour de ses dix-sept ans, ça n'a pas loupé, mes parents — à l'époque je pensais qu'ils étaient tout à fait normaux ou en tout cas moins fous que la moyenne à Piérouge — l'ont poursuivie dans le jardin avec une robe blanche qui ressemblait à une camisole pour aliénés, dans laquelle ma mère s'était mariée. Ils ont fini par l'attraper et la plaquer au sol, elle se cabrait comme une bête sauvage, refusait de l'enfiler en disant que les robes blanches, c'était bon pour les premières communiantes. Mes parents l'ont convaincue en lui promettant qu'à son mariage elle aurait droit à deux parts de gâteau… Une débile profonde, je vous dis.

J'ai toujours trouvé les mariages tristes, à cause des illusions qu'ils projettent comme des hologrammes sur les visages des gens, pour leur façon de forcer la main au bonheur. Les mariages ne font rien disparaître des haines familiales, des rancœurs et des tristesses, ils n'effacent pas les jalousies, les dettes d'argent et de cœur. Celui de ma sœur fut plus triste encore, parce qu'elle, ne comprenant pas ce qui lui arrivait, ne faisait aucun effort pour sembler heureuse. Émile Chambon, son fiancé, n'était pas un étranger, c'était un cousin éloigné et notre voisin direct, mais ma sœur n'éprouvait rien pour lui, et se serait contentée de ce niveau de connaissance, si vous voyez ce que je veux dire. Heureusement pour elle, il était plutôt beau garçon. Il ne louchait pas comme ses frères, était mat de peau, et savait nager le crawl. Pendant longtemps j'ai cru que ça avait à voir avec le rock'n'roll et, quand il passait devant chez nous, je le draguais (ingénument, mes seize ans en paraissaient à peine douze) :

« Tu m'apprendras le rock'n'crawl ?

— Mouais, si tu veux. T'as des patins ? » Je crois que lui aussi était un peu demeuré.

Ma sœur se maria en avril et le printemps qu'elle attendait ne vint pas, en tout cas pas à temps. Cette année-là, l'hiver asticotait les bourgeons, soufflait dans leur cou son haleine glaciale, et les aspergeait de grêlons. Beaucoup moururent avant d'éclore. Chaque matin, avant d'aller préparer le café, Isabelle se postait devant la fenêtre et regardait la pelouse givrée. « Que se passe-t-il ? », disait-elle tout bas, en pensant qu'un dieu mystérieux avait négocié la retraite du printemps. Mon père la rejoignait dans la cuisine et, en la voyant comme ça, interdite, son nez collé contre le verre dans un halo de buée, il lui demandait en lui caressant les cheveux :

« Alors ?

— Toujours rien », répondait Isabelle comme une femme de soldat qui désespère de recevoir des nouvelles du front.

Vu les températures — au village, on disait qu'on n'avait pas connu un tel avril depuis 1879, il me semblait au contraire que tous les ans c'était pareil, à Piérouge, il fait froid même l'été —, ma mère ajouta des manches longues à la robe de mariée d'Isabelle. Elle doubla aussi le tissu avec des chutes de feutre gris qu'elle rangeait dans une petite boîte qui sentait le cyprès. Le résultat n'était pas terrible, ma mère avait bâclé ce travail en dix minutes, juste avant d'aller à la messe. Isabelle ressemblait à un paquet cadeau mal ficelé, elle était encombrée par cette robe qui gênait ses mouvements, la faisait marcher les jambes et les bras écartés, elle avait l'air encore plus bête que d'habitude, la pauvre. « C'est sûr, ça te boudine un peu, mais au moins tu n'auras pas froid », lui disait ma mère qui restait sourde aux signaux de ses lèvres bleues et tremblotantes.

Pour la cérémonie, le prêtre, un Robic, portait des gants noirs en laine, assortis à sa soutane. Ceux de ma sœur, dans une dentelle qui laissait le froid minéral de l'église lécher sa peau, étaient ridiculement légers. Isabelle fixait avec concupiscence la laine épaisse des gants qui tenaient une bible — ils avaient l'air fourrés, quelle chance!... Elle n'écouta rien de toute la messe, trop occupée à échanger, en pensée, ses propres gants avec ceux du curé, trop occupée à imaginer ses grosses mains poilues travesties dans de la dentelle.

À l'aide de son petit cerveau déficient, elle élaborait des astuces vaines pour fabriquer de la chaleur, en se tordant dans tous les sens, en contractant les muscles, ou en respirant avec l'abdomen, persuadée que les animaux faisaient ainsi pour se préparer à l'hibernation. À chaque fois qu'elle devait dire quelque chose, elle se tournait vers moi, le visage chiffonné par la contrariété et l'incompréhension, l'air de demander : qu'est-ce que je dis? Tu n'as qu'à dire que tu es d'accord, lui répondais-je avec les yeux. J'avoue que je n'y comprenais pas grand-chose non plus, à cette époque, j'en étais encore à donner des bains à ma poupée.

La réception eut lieu dans le salon de mes parents, autour d'un méchoui qui avait rôti dans la cheminée. Il y avait beaucoup de Chambon, quelques Robic, et évidemment des Canti, comme nous. Sous la table, Émile caressait les cuisses d'Isabelle, des pains de glace mal empaquetés dans de grossières bandes de feutre. Elle était frigorifiée. De temps en temps, elle sortait de son silence triste et tranquille pour prévenir l'assistance qu'elle aurait droit à deux parts de son gâteau de mariage. « Mais oui, ma chérie », lui répondaient-ils tous. De qui n'était-elle pas la chérie ? Elle était si douce… Je les observais de loin, de la table où j'étais assise et savourais mes dernières heures enfantines. En voyant ma sœur, qui se laissait peloter par Émile, et s'accrochait à la promesse de ses deux parts de gâteau comme à la seule chose vraiment sûre sur terre, j'eus l'intuition qu'un événement, plus douloureux et radical que toutes les tentatives de ma mère pour jeter mes poupées et me faire rejoindre leur table de dégénérés, m'arracherait à l'enfance.

À chaque réunion de famille, je faisais en sorte de m'attabler avec les moins de quinze ans. Durant les préparatifs, quand elle mettait le couvert et se demandait si elle aurait suffisamment de chaises, ma mère sortait soudain de ses pensées et m'appelait :

« Brigitte ! (Car je m'appelle Brigitte, je ne le dirai pas deux fois, j'ai horreur de mon prénom.) Viens ici ! Je te mets où ? Là ou là ? » Elle désignait d'un regard hautain la grande table pour êtres humains accomplis et la petite, pour les enfants et la candidate rétive à l'âge adulte que j'étais.

« Comme d'habitude, là, disais-je en titillant les broderies d'une nappe trop vieille pour se soucier des taches que ne manquerait pas de faire une tablée de marmots.

— Ça commence à faire tarte, une godiche comme toi au milieu de tous ces gosses à peine propres. Tu sais qu'Hubert fait encore pipi au lit ? Janine songe même à lui mettre des couches pour la nuit. »

C'était sa technique. Après avoir essayé la flatterie comme rite initiatique : « Tu es une femme maintenant, bienvenue au club », ma mère tentait de me convertir par l'humiliation.

« Parce que tu crois qu'à votre table d'adultes tout le monde est propre et net ? Oncle Jean, qui ne sait pas manger sa soupe sans en laisser la moitié dans ses poils de barbe ? Violaine, qui empile les couches-de-bébés-pour-adulte dans le placard de sa salle de bains ? Les enfants sont plus présentables.

— Violaine est incontinente ? Seigneur… »

Par moments, ma mère, dans un accès de lucidité, semblait découvrir le décor animal de sa vie. Derrière les murs épais de notre bâtisse, elle démasquait le clapier à lapins, les cellules tapissées de crottes et de feuilles de salade, le grillage qui la séparait d'un monde civilisé et sain. Elle mettait la main à son cou, comme si son existence lui était apparue soudain très fragile, comme si elle craignait le coup du lapin, et puis elle passait à autre chose. « Tu viens m'aider ? » me disait-elle alors en revenant à son plan de table, à ses chaises et à ses assiettes.

À la fin de la soirée, Isabelle partit chez Émile avec un sac mou, une sorte de baluchon, comme si elle allait dormir chez une amie. Tu ne reviendras pas ici, Isabelle, prends tes livres, ta robe préférée, et n'oublie pas ton mouchoir.

Cette nuit-là n'est pas une nuit hors les murs, unique, de laquelle tu reviendras demain matin pour t'attabler autour de la cafetière familiale, c'est la première d'une liste innombrable où je ne serai plus là. C'est fini la maison, Isabelle. Tu ne peux pas la quitter sans un mot et avec un sac mou sans rien dedans, même pas une brosse à dents, même pas ton savon en forme de cœur que tu n'oses pas « salir » sous un jet d'eau claire.

Comment aurait-elle pu comprendre ? Elle refusait de croire que les choses ont un début et une fin, que l'enfance est mortelle et la famille aussi. C'est fini, Isabelle. Prends au moins ta boîte à bijoux, comment tu vas faire sans elle dans ce nouveau logis ? Sa boîte à bijoux ne contenait aucun bijou, mais sur son couvercle dansait prudemment, au rythme d'une musique mécanique, une ravissante ballerine dans un tutu argenté. Isabelle pouvait la regarder pendant des heures, elle prenait pour des pierres précieuses les morceaux de strass du tulle qu'elle décollait avec ses ongles, pour les enfermer dans le coffret. Ces paillettes de strass étaient son seul trésor. Le jour de son mariage, elle laissa la boîte sur sa table de nuit. Je me gavai de sa musique pour trouver le sommeil.

Le lendemain matin, le printemps était là. La pelouse de notre jardin avait réussi à se débarrasser de ce manteau blanc qui désespérait Isabelle, quand elle venait dans la cuisine coller son nez et son haleine chaude contre la vitre glacée. Je m'assis pour me servir un bol de café, et je vis ma mère, pire que pâle, grise, dans cette vieille robe de chambre dont l'usure et l'odeur me faisaient penser à ces doudous d'enfant rebelles au lavage.

« Ta sœur, Isabelle… » Mon père la prit par les épaules.

« Elle est morte. Cette nuit. D'une rupture d'anervisme », continua-t-il.

Émile apparut dans l'encadrement de la porte de la cuisine. Il était en larmes, mais semblait éprouver plus de peur que de mal. Dans ses sanglots se noyait une lamentation inintelligible, qui à la longue devint compréhensible : « Je vous assure, c'est pas ma faute. » Ma mère semblait avoir bien trop de chagrin pour le consoler, alors mon père lui répondit, avec ce ton de maturité qu'il adorait prendre avec les jeunes : « On sait bien, mon vieux. » Émile s'était calmé, et on entendit de nouveau sa voix, nettoyée de toute culpabilité :

« C'est quoi, anervisme ? »

Ben oui au fait, c'est quoi, anervisme ? pensai-je en fondant en larmes. Ma douce Isabelle, mon petit lapin chéri…

« C'est un nerf qui éclate », expliqua mon père d'un ton docte. Quand il ne savait pas, il disait n'importe quoi pour ne pas perdre la face, mais à cette époque je gobais à peu près tout ce qui sortait de sa bouche, même le plus invraisemblable, même les mots chamboulés par sa dyslexie congénitale.

« Un nerf qui éclate… C'est idiot, c'est débile, c'est…

— Il n'y a pas de mort intelligente », me coupa ma mère en se mouchant.

À travers un rideau de larmes qui brouillait ma vue, je regardais mes bras blancs traversés de canaux bleus, dans lesquels je pouvais sentir les battements de mon cœur quand j'appuyais dessus.

« Un nerf… Tu es sûr que ce n'est pas plutôt une veine ? demandai-je en me tournant vers mon père.

— Si c'était une veine, on dirait rupture d'aveinisme. T'es pas logique, toi ma puce. Isabelle a fait une rupture d'anervisme, une rupture de nerf, comme son nom l'indique.

— A-né-vrisme, le reprit ma mère, pas anervisme.

— Oui enfin, c'est pareil, c'est les nerfs. »

Rupture d'anervisme, rupture d'anévrisme, anervisme, anévrisme, anervisme, anévrisme. Je répétais ce nouveau vocabulaire dans ma tête, c'était comme de jouer à piano-panier toute seule, au moins compris-je que les assertions de mon père n'étaient pas toujours fiables, et que pour les questions médicales, mieux valait s'en remettre à ma mère.

Émile était le genre de personne qui ne comprend jamais qu'elle est de trop. Le lendemain de ses noces, où l'on apprit la mort d'Isabelle, il s'incrusta à déjeuner, à dîner, et puis revint le lendemain, pour déjeuner, dîner, manger toujours, des carottes vichy, du gratin dauphinois, une tarte aux pommes qu'il préférait avec une cuiller de crème fraîche, des gâteaux à la cannelle. Il devait penser qu'il faisait partie de la famille, qu'il était une sorte de fils pour mes parents, une nouvelle bouche à nourrir. Un jour qu'il l'avait pleine et disait tout en mâchant que, la prochaine fois, il mangerait bien des travers de porc, je lui demandai des détails sur cette fameuse nuit.

« Comment ça s'est passé ? »

Ma mère lui coupa la chique.

« On va pas te faire un dessin. Elle est morte pendant sa nuit de noces, et...

— Et juste au moment... enfin, tu vois ce que je veux dire... Paf ! » Je sursautai. « Anervisme », continua mon père qui voulait montrer que rien n'avait de secret pour lui. Ma mère lui donna un coup de pied sous la table pour qu'il n'en dise pas plus.

« Anévrisme, chéri. »

Je retournai à mon ignorance, à mes poupées. J'en massacrai une avec une paire de ciseaux et je l'enterrai ensuite dans le jardin. Je m'étais un peu lassée des bains d'eau froide que je leur donnais dans le lavabo, alors je leur inventai de nouvelles maladies, des ruptures d'anévrisme dont elles ressuscitaient miraculeusement. On me laissait à mes occupations d'enfant attardée, je profitai du printemps. Il me semblait qu'il n'avait jamais été aussi doux ; on n'avait pas vu ça depuis 1907, affirmait-on dans le village.

Quelques semaines après la mort de ma sœur, mes parents interrompirent un traitement contre l'anévrisme que j'administrais à l'un de mes baigneurs (la seule pensée que j'avais seize ans, alors, me fait encore rougir de honte). Ils me dirent qu'ils avaient bien réfléchi et qu'il n'y avait aucune raison qu'Émile ne fasse pas vraiment partie de la famille. Après tout, il était doux comme un agneau, pas bien malin (mais qui l'était à Piérouge ?), il ferait un gendre et un mari formidable, maman m'apprendrait à cuisiner les travers de porc et tout irait bien. Pendant qu'ils parlaient, ma mère sortit de son dos la robe blanche dans laquelle Isabelle avait grelotté lors de son mariage, elle la tenait comme une arme, et me menaçait avec. Je m'enfuis dans le jardin, en hurlant qu'Émile n'aurait pas un nouveau jouet, il avait déjà cassé Isabelle et c'était bien assez. Mais mes parents couraient vite. Et ils ne manquaient pas de technique. Ma mère me fit tomber par un croche-patte et mon père m'immobilisa au sol en serrant mes poignets pendant qu'elle — on aurait dit une infirmière dans un asile de fous — me caressait les cheveux en me disant : « Tout doux, tout doux, calme-toi, c'est l'heure de grandir maintenant. »

Comme la robe de mariée était trop grande pour moi, on laissa la doublure de feutre qui n'était plus adaptée aux températures de ce début de mai. Si vous m'aviez vue dedans, dans la robe d'une morte ! Il y faisait moite comme dans une cave, et il me semblait que le tissu, dont le maillage était distendu par les années, commençait à pourrir. On n'avait même pas pris soin de la laver, si bien qu'elle était encore imprégnée de l'odeur du mariage de ma sœur, l'odeur d'Isabelle en vie, et puait le mouton grillé. Depuis, j'ai toujours associé l'odeur du mouton à la mort. Il y avait aussi une tache de crème sur le plastron brodé, prétendument « ton sur ton », sur laquelle j'agrafai une broche en faux diamants pour la cacher.

Cette robe me désespérait. Elle bâillait de tous côtés, j'en avais déchiré l'ourlet en me prenant les pieds dedans, mes épaules étaient noyées sous de larges épaulettes dont ma mère disait que c'était furieusement à la mode à Paris. Qu'est-ce qu'elle savait de la mode, de Paris, qu'elle imaginait fait de gratte-ciel, comme New York ? Il n'y avait qu'un endroit que je remplissais bien, les fesses, que j'ai toujours eu assez grosses. Et lourdes. Tellement lourdes que, soixante ans plus tard, elles se sont décrochées de leur perchoir. Elles ont entraîné dans leur affaissement ma taille, mes seins, mon ventre, comme dans un glissement de terrain. Quand j'y pense, j'imagine Newton assommé non pas seulement par une pomme, mais par l'arbre tout entier… Bref, à l'époque, tout ça tenait à peu près, je n'avais pas encore ces chevilles d'éléphant qui m'empêchent presque de marcher, j'étais même plutôt jolie, je crois.

Exactement comme Isabelle l'imaginait, le curé avait les mains grosses et poilues sans ses gants. Je les trouvais indécentes pour porter le message chrétien, le papier bible les faisait suer. Je me souviendrai toujours de ses doigts sales et graisseux sur le Cantique des Cantiques. Entre deux lectures il se plaignait de la chaleur, il faisait si chaud... Trop chaud. Les températures échappaient aux statistiques et à la mémoire collective des habitants de Piérouge, qui se contentaient d'un sage « on n'a jamais vu ça » prononcé en hochant la tête de gauche à droite. Le soleil transpirait sur les vitraux, et les bandes de feutre sous ma robe me brûlaient la peau. Je découvris un peu plus tard que j'y étais allergique.

Nous n'eûmes pas réellement de repas de mariage. Pour mes parents, c'était comme s'il avait déjà eu lieu, quelques semaines plus tôt. On avait juste changé de mariée, comme dans un numéro d'escamotage où je remplaçais Isabelle disparue. Il n'y eut pas de réception à la maison, pas de mouton dans la cheminée, seulement son souvenir rance sur ma robe qui empestait. Nous nous retrouvâmes tous les six, mes parents, ceux d'Émile, mon mari et moi, à manger des travers de porc que j'avais cuisinés. J'eus droit à deux parts d'un gâteau aux pommes fade et sans intérêt, où l'on avait fiché, à son sommet, les figurines de mariés qui ornaient le dessert d'Isabelle. Voilà mon mariage, qui rendit triste tous ceux qui lui succédèrent et auxquels j'assistai par la suite. Je dis bien « assister », parce qu'on ne m'y reprit plus jamais, à ce jeu-là. Mariée trop jeune, j'ai vécu une vie de vieille fille.

Avant de suivre Émile chez lui, j'avais préparé une valise plus conséquente que celle d'Isabelle. Elle contenait de quoi satisfaire un voyage long et lointain, quelques vêtements pour chaque saison, des affaires de toilette et des objets que j'ai gardés depuis : le petit savon hydrophobe en forme de cœur de ma sœur et sa boîte à musique. Émile habitait avec ses parents une maison mitoyenne de la nôtre. J'avais beau me dire que je n'allais pas loin, derrière la cloison de notre salon, la porte à côté, j'avais l'impression de partir à jamais pour un voyage déchirant.

Minuit n'avait pas encore sonné, je dis au revoir à mes parents en sanglotant, et il me sembla que mes larmes les flattèrent, pourtant ce n'étaient pas eux que je pleurais, mais Isabelle, mon enfance. « Il est bientôt minuit, c'est l'heure de grandir, ma petite », me dit ma mère avec cet air d'infirmière d'asile qui me glaçait les sangs. Émile me tirait par la manche, il ne tenait plus en place.

Comme il l'avait attendue, cette nuit de noces qui s'annonçait enfin ! Visiblement, ma sœur l'avait laissé sur sa faim, et lui avait insufflé, juste avant de partir, un désir sexuel si pressant, si criard, qu'il en marchait de travers et en perdait l'équilibre. Cette soirée de mariage, si courte pour moi, fut interminable pour lui. Mais les cigares qu'il fuma avec mon père — Émile adorait discuter avec lui, ce couillon prenait pour savants les mots malmenés par sa dyslexie — finirent par faire venir les douze coups de minuit, une heure raisonnable pour un dépucelage en bonne et due forme.

Une nuit de noces à seize ans, je ne sais pas si vous imaginez… ça ressemble à une grande chambre enfantine en foutoir et pleine de jouets (si j'étais attachée à mes poupées, lui se passionnait pour les maquettes), jonchée de chaussettes et de chemises sales. Ça ressemble à une maison endormie, les parents dans la pièce à côté, les frères dans celle du dessous. Ça ressemble à un lit une place, un pauvre lit une place d'adolescent qui ne connaît rien à l'amour. Ça ressemble à un garçon en rut qui vous regarde avec fureur et se jette sur vous pour vous déshabiller.

« Hé là, qu'est-ce que tu fais ? »

Il s'attaqua à ma robe qui n'était pas en état de résister à ses assauts, se colleta avec les bandes de feutre qui avaient imprimé sur ma peau d'affreuses traînées rouges qui me démangeaient. Il s'en foutait, lui, de mon urticaire, il voulait mon cul, tout de suite. Il était prêt, et avait déjà retiré son pantalon. « Allez, allez », répétait-il haletant, en tournant autour de moi, son membre turgescent à l'air, comme s'il avait toujours été nu, comme si cette impudeur-là était naturelle. Je le giflai, et filai chez mes parents.

« Bien sûr qu'il faut que tu le laisses faire, me dit ma mère en m'ouvrant la porte.

— Qu'il me déshabille ?

— Oui.

— Et…

— …et faire tout ce qui s'ensuit, c'est la vie, ma petite, une nuit de noces, ce n'est pas une partie de croquet. Il faut y aller… Mais fais-lui confiance à ce garçon, il sait ce qu'il fait, il en a vu d'autres. Va, tu verras, ça se passera très bien. »

Me revoilà donc dans la chambre peuplée de maquettes d'avions et de tanks, avec Émile au centre, le pantalon comme une mare marron autour des chevilles, et son membre affreux, violet, qui se redressa légèrement quand j'entrai dans la pièce. Est-ce avec *ça* que tu l'as tuée, ma sœur ? pensai-je alors qu'il s'avançait sur moi pour me plaquer sur le lit, son corps contre le mien et ses mains mordant mes fesses.

J'avais seize ans, et encore, mon âge était plus mûr que moi, alors... alors j'écoutai ma mère et le laissai faire, effrayée. L'odeur du mouton grillé pesait sur mon âme comme un poignard sur la carotide. Isabelle était morte, moi j'étais en vie, mais pour combien de temps ?

Je priai Émile d'être tendre et affectueux, de ne me faire aucun mal, d'y aller mollo, quoi. Il ne m'embrassa pas une seule fois, ce con-là. Je ne compte pas pour baisers son souffle humide et chaud, animal, sur ma nuque pendant qu'il retroussait ma robe qui ressemblait à une pauvre fille qu'on vient de violer, échevelée et piteuse. Il s'était allongé sur moi, c'était comme si je n'existais pas, il cherchait laborieusement un endroit où moucher son sexe impatient. Il mit un certain temps à le trouver, et quand il l'eut fait, vous pensez bien que c'était trop tard... « Aide-moi », me disait-il. Comme si j'allais l'aider ! Ah non, mon bonhomme, tu vas te débrouiller tout seul, je suis déjà bien bonne d'écarter les jambes.

Mais il était contrarié, Émile. Il était gêné par mes bottines, par mes bas, il me fit enlever ma chaîne avec ma médaille, ma robe qui s'était enroulée autour de ma taille, et enfin ma culotte. Quand le champ fut complètement libre, un mauvais génie électrisa mes cheveux, et il en fut tout déconcentré. Alors, qu'est-ce que tu attends? Rien, justement. Un quart de seconde plus tard, il éjaculait sur mon ventre, sans raison ni plaisir, sans comprendre ce qui lui arrivait. Cet échec le rendit fougueux, et il fouilla plus ardemment, plus violemment qu'auparavant mon entre-jambe pour dénicher ce petit endroit capricieux qui refusait de l'accueillir. Au hasard d'un coup de reins, qu'il donnait dans tous les sens, en me cognant les os du bassin et en ravivant mes démangeaisons, il entra en moi, petit à petit, par à-coups. Je m'imaginais être une grande forêt impénétrable qu'un conquistador attaquait à la machette. Plus il s'enfonçait en moi, plus j'avais le sentiment de disparaître, de mourir, éventrée, déchirée...

« Il va rompre! hurlai-je alors qu'Émile continuait sa besogne, un coup de machette à gauche, un autre à droite.

— Quoi?

— Mon anévrisme... il est, il est en train de rompre. Arrête ça tout de suite!

— Mais qu'est-ce que tu racontes? »

Il avait bondi du lit, plus apeuré que moi. Je me levai à mon tour et constatai une tache de sang sur le drap que je lui désignai comme sa faute. J'avais mal au ventre, envie de vomir et dans un haut-le-cœur je lui dis :

« Regarde ce que tu lui as fait, à mon anévrisme.

— Je suis désolé... Tu as mal?.... Mets-toi bien au chaud, sous les couvertures... Tu veux une tisane? Du chocolat? »

Du chocolat... pauvre Émile... gentil Émile qui ne comprenait rien à rien. J'étais une rescapée, mon anévrisme avait pris un sacré coup, et lui me regardait comme une enfant qui vient de s'écorcher les genoux et qu'on console avec un sucre. Je lui dis que je ne voulais pas de son lit, ni de son eau chaude, et que je rentrais chez moi dormir un peu. On n'allait pas passer le reste de la nuit tous les deux dans ce petit lit?

Émile me laissa partir avec ma valise, il était triste. C'est idiot mais je crois qu'il s'était attaché à moi, pendant ces quelques heures dans sa chambre d'enfant, à essayer de m'aimer comme un adulte. Il espérait me voir le lendemain, n'étions-nous pas mari et femme? Oui, demain, peut-être, répondis-je en découvrant de nouveaux accrocs, de nouvelles taches sur ma robe de mariée qui sentait toujours le mouton grillé. Au revoir, alors. Il m'embrassa sur le front, et je dois dire que je l'aimai, ce baiser, maladroit, enfantin, je l'aime encore aujourd'hui quand j'y repense.

Le lendemain, j'étais partie. Je quittai Émile, mes parents, cet immense clapier à lapins qu'était Piérouge, et traînai sur les routes mon trousseau d'épouse fugitive. Le mariage fut annulé quelques jours plus tard. Qui sait si je ne jouerais pas encore aux poupées si j'étais restée là-bas?

Quant à Émile, je pense à lui de temps en temps, j'imagine un vieillard avec une grande barbe blanche, dans une chambre d'enfant jonchée de linge sale et de jouets ; maquettes de tanks et d'avions de guerre.

Achevé d'imprimer
par l'Imprimerie Floch
à Mayenne, le 9 mars 2010.
Dépôt légal : mars 2010.
1er dépôt légal : janvier 2010.
Numéro d'imprimeur : 76141.

ISBN 978-2-7152-2935-8/Imprimé en France.

176270